奇妙之夜

——肖留剧作选

肖留 著

上海人民出版社

目　录

序

陆　军

我是看着肖留在戏剧道路上起步和成长的。

最初认识她，是在一次征稿中，她提交了一个小戏作品。这个作品稚嫩自不用说，但里面有两句唱词写得很活泼，给我留下了印象。后来，我了解到，她当时已经研究生毕业，正在从事儿童文学创作。

后来，肖留来到上海戏剧学院读博，师从宋光祖教授。在她入学的2004年，正是飞人刘翔在赛场上叱咤风云的年代，出于对她文字的欣赏，我和她商量着写一个关于刘翔的戏。我想写刘翔奋斗的艰辛，她却想得更深，要写如果飞人一旦不能飞了，社会将怎么对待他。这次合作因双方创作理念不同而作罢。必须承认，刘翔在起跑线上拉伤跟腱后，确实有一些不友好的舆论，事态的发展跟她的判断是一致的。她后来写了一个戏《修剪成跑道的草坪》，样子也不是她原来设想的那样，戏可以说是失败的，但题目却充满了诗意和想象，说明她是有一定创作能力的。

肖留的第二个戏是独幕剧《子归》。2007年，肖留顺利毕业，后留校任教。作为编剧老师，她有紧迫感，觉得自己会写了，才能更好地教学生。我建议她先从小戏开始，于是就有了《子归》。这是一个严谨的遵守“三一律”的作品，有模仿和佳构剧的痕迹，也有她对现实的独特认知。

她的第三个戏是《美屋之巅》。单看题目，看似很新潮，其实这是个农村题材的戏，讲农村大学生的。剧本最初的版本可以用一塌糊涂来形容，后来几易其稿，她都不能满意，我更是觉得里面理性过强而没有生活。我严肃指出种种不合常理、缺乏生活之处，她难过得都要哭了。她好像钻入了某种怪圈。后来，我想到了我的好友姚扣根教授。姚教授是专门研究文艺理论的"老法师"，我想他从理性思维入手，以毒攻毒，可能更有益于解决她的实际问题。果不其然，在此之后，她把新改的剧本拿给姚老师看时，姚老师告诉我："剧本有点味道了。"

这让我想到，换一种题材可能更适合她。当松江区政府找到我，希望我以松江名人"徐阶"为素材创作一部舞台剧时，我立马想到了她。创作的过程是曲折的，在长达一年半的时间里，我们谈过几次，也拉出了大纲，但感觉像流水账，不能满意。当时我担任戏文系主任，工作繁忙，此事就暂时搁置了。走到 2013 年的寒假，稍稍得到喘息的机会时，我们又开始琢磨这个戏的写法。大概是经过时间酝酿，对人物认知更鲜明、立体了吧，我们突然想到一种新的结构方法。最早的大纲，是她在机场还是火车站候车大厅里，手写写在纸上的。发给我看后，我觉得不错，是我想要的样子。我的意思是等招考结束后，回上海再详细讨论写法，没想到她在阅卷的空隙（作为普通老师，她的空闲时间很多），陆陆续续将初稿写了出来。令我感到欣慰的是，基本实现了大纲的设想。

《徐阶》是成功的，但这成功不是偶然的。她也没有止步于成功，收入这本集子的《嵇康之死》《以孩子的名义》《奇妙之夜》，都是她在《徐阶》之后的创作。在写每一个剧本前，她都会先跟我谈谈构思、想法，在写完之后，我也往往是第一个读者。她非常重视我对作品的态度和意见，我认为不好的，她不吭气，但在新稿中，我看得到她的修改。肖留也很感激我，认为我对作品的贡献，应该署名。可我拒绝了。我觉得，这些新作品从选材到提炼到确定主题，都是她自己的认知。我很高兴看到她能越来越独立地判断作品，而扔掉我这根拐杖。

肖留成长的历程，再次验证，创作过程是艰辛的，编剧是可以教的，但必须要“因材施教”。

徐阶

（又名《大明四臣相》）

人物

徐　阶　字子升，号少湖，明代嘉靖朝后期至隆庆朝初年任内阁首辅。分别为52岁和66岁。

严　嵩　字惟中，号勉庵、介溪、分宜等。嘉靖一朝擅专国政达20年之久。80多岁。

张居正　字叔大，号太岳，神宗朝初期首辅。与徐阶有师生之谊。分别为30岁和58岁。

海　瑞　字汝贤，号刚峰，明代著名清官。50余岁。然不妨年轻些。

徐　璠　徐阶之子，46岁左右。

徐　成　徐府管家，30余岁。

海　忠　海瑞之仆，50岁左右。

知　府　松江知府，40岁左右。

四百姓　徐府乡邻，年龄和性别可自由搭配。

三狱吏　男性，可于体格上搭配。

杨继盛　字仲芳，号椒山，明代著名谏臣。与徐阶有师生之谊。

嘉　靖　50岁左右。

信使、仆人、差役等　可由一个演员扮演，30岁左右。

序　幕

【烟雾缭绕，似明似暗。

【古琴曲，如历史一般悠远、神秘，充满杀气。

【严嵩破衣烂衫，手执脏得看不出颜色的碗，拄着根木棍当拐杖；海瑞着大红官袍；徐阶则一袭布衣。

严　嵩　我是严嵩。人们提到我的时候都会说，历史上著名的奸臣。奸臣？好笑。

海　瑞　我是海瑞。人们提到我的时候则会说，历史上著名的忠臣。忠臣，呵呵，好！

徐　阶　我是徐阶。人们提到我的时候——

严、海　（同）没什么人会提到你！

徐　阶　确实，在我死后的几千年中，我的知名度并不高。如果说我的履历里必须有些让你们记得住的东西，那就是我出生于上海的发祥地松江。只不过在当时，上海人的我在北京，是个十足的乡下人、外地人，我身材不高，面容白皙。我怒极的时候，嘴角上翘，面带微笑，左边眉毛微微闪跳。我曾经担任大明内阁首辅，我除掉了严嵩，替世宗颁布遗诏来安定天下。张居正与我有师生之谊，杨继盛也是。圣上曾呼我老爱卿、老宗师，可我怎么也不会想到，致仕还乡之后，我变成了乡民口中的老匹夫，老奸贼。

【切光。

【乡民们的骂声。徐老贼，你出来，还我们田产！还我多侵占的田产！

第一幕

1

【徐阶领子徐璠、管家徐成匆上。

徐　璠　父亲，父亲！（趋前跪倒）父亲大人息怒！

【“退我田产！”“仗势欺人！”“贱卖了要加价！”

徐　阶　何人喧哗？

徐　璠　这……

徐　成　（灵机一动）相爷，这是前来拜寿的乡邻。

徐　阶　哦。（对徐璠）皆是你大肆铺张、惹出的事来。快把人请进来。

徐　璠　这……（瞪徐成）要你多嘴！（向前）父亲，但恐其中有奸猾之徒，其意不在拜寿而在窥探。父亲一向教导孩儿低调，切勿奢华，若小民缺少见识，指鹿为马，添油加醋，恐有流言之讥。

徐　阶　（长叹）你若能自省若此，老夫也无忧了。取些寿桃寿果来，散发给众人。

徐　璠　爹爹教诲的是。（低声对徐成）快去驱散他们！

徐　成　是！（下）

徐　阶　这是何人？

徐　璠　是……是一个仆人。

徐　阶　看他的衣着打扮，竟看不出是我徐家的仆人。看他那煊赫的气势，我倒认他做我徐家的主人！

徐　璠　既然爹爹不喜，我命他换过即是。

徐　阶　我老了，管不了家事。也不知你整天弄些什么。

徐　璠　孩儿听从爹爹教诲，除了日常读书外，就是查看田亩，管理织店，教育子孙。

徐　阶　可刚才听你姑父说，一个叫徐成的仆人强横无礼，连御史都敢辱骂，可有此事？

【徐璠不敢答。

徐　阶　小小奴仆都如此强横，那你这个做公子的还了得！

徐　璠　启禀爹爹，儿男……儿男已将此人逐出。

徐　阶　那也罢了。

徐　璠　孩儿记下了。

徐　阶　自古盛极必衰，璠儿，为父一生清廉、谨慎，如今我年岁渐老，来日无多。

徐　璠　父亲言重了。

徐　阶　作为长子，望你自求多福，戒骄戒奢，保全我徐氏一脉香火。

徐　璠　（拭汗）孩儿记下了。

【乡民鼓噪声又起："打死人了！""他徐府不讲理，不退我们田罢了，还纵使恶仆打人！"

【在喧闹声中，徐成复上。

徐　成　大爷，反了，反了！

徐　璠　老爷在此，休得无理！有话外面说。

徐　阶　慢，你且说来。

徐　成　回禀太爷、老爷。那张轩之子卖给我们田亩，又想要回去，哪有这样的便宜事？他还敢称呼老太爷的名讳，我一怒，就打了他几拳，他就装死不起来！

徐　阶　这是谁？

徐　成　小的徐成。

徐　阶　徐成？

徐　璠　还不退下！

徐　阶　你转来！（对徐成）为什么平白无故打伤人？

徐　成　这——

徐　璠　还不退下！

【徐成会意，抱头而下。

徐　璠　爹爹休得生气，那徐成也是忠心护主——

徐　阶　你可知严嵩是怎么倒台的？

徐　璠　皆爹爹除奸之功——

徐　阶　混账！为父何功之有？皆是那逆子严世蕃的牵连！

【徐璠一惊。

徐　阶　那杀严世蕃的是谁？

徐　璠　这个孩儿不知。

徐　阶　蠢材！是那助纣为虐的恶仆严年！你想重蹈严世蕃的覆辙吗？

【如同一声惊雷，外面喧哗之声渐弱。

徐　璠　（拭汗）孩儿不敢。（快步退下）

徐　阶　（长叹）孽子，孽子啊！

2

【严嵩的声音。

严　嵩　存翁，别来无恙？

徐　阶　（一惊，站起）敢问尊驾何人？莫非徐南湖徐御史？

严　嵩　故人一别经年，看来，你不认识我了？

徐　阶　恕老朽年老眼拙。

严　嵩　我们曾同朝为官，在内阁做了近十年的同事。

徐　阶　内阁？同事？

严　嵩　你怎么就把我忘了？当初，我们可是心心念念，睡里梦里都互相惦记着，一刻也不敢忘记。（稍顿）我姓严。

徐　阶　严？

严　嵩　我有两句诗，你应该记得“平生唯解报国赤，身后任人说是非”。

徐　阶　严嵩，严分宜，你……你为何……落魄至此？

严　嵩　你可怜我？孟夫子说的，怜悯之心，人皆有之。（大笑）要是我活着，你决不会怜悯我。我们的同情心，是给死人的，绝不滥施半点给活人。

【徐阶略尴尬。

严　嵩　这只破碗，是抄家的人可怜我，让我拿着它讨饭的。可我所到之处，人人唾弃，无奈何，我只得寄食于坟庙之中，最后在孤独和贫病交加中去世。

徐　阶　你已经死了？

严　嵩　也是你徐家气数将尽，你才看得到我。

徐　阶　什么？

严　嵩　我是说，你的寿数也要到了，我们就快要见面了，可我迫不及待想要见你。我就来了。

徐　阶　你要做什么？

严　嵩　替我父子向你报冤。

徐　阶　冤？你何冤之有？

严　嵩　你一向以正人君子自命的吗？为何勾结道士蓝道行，以邪说蛊惑皇上？

徐　阶　蓝道行？

严　嵩　那些年，想除掉我的，不止一个。他们前仆后继，源源不绝，可他们都输了。

【以下人物陆续出现在光影里。

【急促的脚步声。

杨继盛　老师，那严嵩已经不再是个奸臣，他已经由一个人变成一排，形成势力交错、盘根错节的奸党了，再不剪除，后果不堪设想！

严　嵩　这是杨继盛，一个没有用的忠臣。

杨继盛　（做攘臂写疏状）做官何必如此窝囊，倒不如放手一搏！

严　嵩　（绕他身后，似在观看）他弹劾我“五奸十罪”，（念）“陛下奈何爱一贼臣，而忍百万苍生陷于涂炭哉？”杨继盛，你既知道老夫是陛下心爱之人，就不该弹劾我。（又念）“至如大学士徐阶蒙陛下特擢，乃亦每事依违，不敢持正，不可不谓之负国也。”他还攻击徐阶？（思考）徐阶可是他的老师。哦，我明白了，此人意在开脱徐阶，免得老夫疑心他们沆瀣一气。只可惜，他做戏做过了！（捏起五指）我轻轻地把他下到大狱，我重重地拷打他。杨继盛，汝受何人指使？快快供出，老夫饶你不死！

杨继盛　（更激烈地）大丈夫死就死，何所惧哉！

严　嵩　杨继盛，我要拷打你，只要你吐出一个字，你弹劾我是受徐阶指使。徐阶，你这个松江小个子，就等着回老家吧！

【杨继盛的惨叫声。

【中年徐阶上。

徐　阶　（担心又无奈地）继盛——

严　嵩　夏言跟我斗，被我杀了；翟銮跟我斗，让我杀了。杨继盛，你既不肯招认受人指使，老夫只好送你归西了！

【徐阶回到桌案前，颤抖着手，提起笔，鬼画符一样写“青词”。

【又是急促的脚步声。

张居正　老师，这是严嵩让我代拟的《贺元旦表》。

徐　阶　（粗览）写得好，写得妙啊！严大人必定大悦。

张居正　怎么，老师，您不介意我写这样的马屁文章？

徐　阶　那严大人公务繁忙，你替他写也是应该的。况且，严大人对圣上忠心耿耿啊！

张居正　可是……

徐　阶　居正，你帮我看看这首青词。

张居正　青词？老师，您也在写这个？

严　嵩　因为圣上就信这个。楚王好细腰，宫中多饿死。世宗好修真，宫中多道士。青词，是道士举行斋醮时，献给玉皇大帝祈求赐福的祷文。嘉靖十七年后，内阁 14 个辅臣中，9 人是青词高手。论起写这个，那可讲究了，不亚于在考场上做一篇拔得头筹的策论。我的世蕃儿最擅长于此……

张居正　这青词，是专事媚上专权、溜须拍马的鼠辈所为，老师，您怎么能……

徐　阶　诸事之中皆有学问。

张居正　先生！

徐　阶　好了，今日子时，圣上要在宫中祭天。居正，你要不要与为师同去？

张居正　学生没有兴趣。

徐　阶　你不妨悉心揣摩下，学做几首青词，大有用途。（下）

张居正　（欲读，没有耐心）什么人不人鬼不鬼的文字！（气得把纸摔在案上）老师既是如此韬光养晦、善于全身，居正也不能侍奉左右了。（愤懑地在写青词的纸上刷刷走笔）今日此信，便是居正诀别之意！

【切光。

【老年徐阶与严嵩。

严　嵩　在这次斋醮时，你买通了替圣上祭天的道士蓝道行。

徐　阶　你想多了，我一生崇佛，哪里会认识什么道士。

严　嵩　你敢说从未勾结过蓝道行？

徐　阶　严大人！那些年，你权倾一时，满朝文武皆是你的干儿义子，我噤若寒蝉，避之唯恐不及，哪敢行此冒险之事？

严　嵩　那么，为什么在扶乩时，圣人问“谁为贤者，谁不肖”，他却回答“贤者辅臣阶，尚书博，不肖者严嵩父子耳”？

徐　阶　那蓝道行不是被你抓去拷打了吗？他可曾道出老夫名讳？

严　嵩　你……

徐　阶　要怪，也只怪你父子倒行逆施、贪贿弄权，致使人神共怒，连山野道人都看不过眼。

严　嵩　那你为何不直言上疏，却假妖道之口说出？

徐　阶　上疏？那死的就是我了。

严　嵩　我严嵩是奸臣，你是个正人君子，怎么也做这种事？

徐　阶　我徐阶一生服膺阳明心学，重事功而不重虚名。所以，在我看来，这是以其人之道，还治其人之身。

严　嵩　你会遭到报应的！

徐　阶　报应？

严　嵩　你的报应已经来了。

徐　阶　你说什么？

严　嵩　（欲走，回头）对了，跟我对你一样，他也是你的相识、故旧。

徐　阶　他是何人？

【严嵩隐去。

3

【门外一声大喝："众百姓听着，应天巡抚海瑞海大人到！有冤速来诉冤啦！"

【众百姓："青天海大人到了！""就是他颁布的《退田令》，让我等小民有了田耕啊！""我们给海大人跪下吧！""海大人做主，帮我们要回田地吧！"（建议置于纱幕后）

【海瑞上，身后跟着徐璠。

徐　阶　海瑞？海刚锋？应天巡抚？

海　瑞　（深施一礼）存翁在上，卑职有礼了！

徐　阶　海大人请坐，不知有何赐教？

海　瑞　存翁请看，这是卑职除授应天巡抚，督抚本地百姓以来，两次放告收到的百姓诉状。其中大半，告的都是尊府。

徐　阶　（吃惊）哦？

海　瑞　告府上侵占平民良田居多。看来，令郎不曾禀报。

徐　璠　父亲，儿子不敢欺瞒，于田产上从不敢强买强卖，欺压良善。

海　瑞　想来那买卖之人，迫于府上声势，不敢议价也是有的。

徐　璠　这……

海　瑞　乡民鼓噪，也是为了此事。依卑职拙见，不如将侵占的田亩退还，以息事宁人。

徐　璠　父亲，这些田产，当日均是银货两讫，有中人居间，相约永无反悔的。现在，对方说句卖贱了，我们就要退田？他们也得有证据。

海　瑞　大公子所说极是。只是，当日迫于贵府声势，乡民未必敢索取凭证，或虽有凭证，但年岁久远，早已遗失。若强要证据，恐致民变。

【徐蟠欲言，被徐阶制止。

徐　阶　大人不必多讲，老朽明白了，数日内，必将田产整理成册，连同地契一同上交，请海大人定夺。

海　瑞　依卑职拙见，世间为富不仁是常有的事，若非真有屈冤，穷焉敢告富？平民焉敢与阁老之家抗衡？为存翁声誉计，不如退田。

徐　阶　老夫知道了。

海　瑞　多谢存翁！告辞。（下）

徐　璠　只是他想当然，想当然我徐府欺压良善，想当然我徐府不给凭证，想当然我徐府为富不仁，这样的人，是如何当上应天巡抚的？

徐　阶　为父正想问你，我徐家田产到底有多少？

徐　璠　有些田地属于亲戚故旧为避赋税，挂靠在我家名下的。他们风闻说退田，已尽数将田取回。若论我家实有田亩之数，也不过两万有余。

徐　阶　休得多言，速去取田册来！

【徐璠下。

徐　阶　（自言自语）难怪居正当日说他不通政体，执拗偏激，举止乖张。老夫对他有搭救之恩，他竟然一声恩公也不叫，毫无章法礼节！

【严嵩上。

严　嵩　今天是你的六十九寿诞之期，这海瑞，真是给了你一份好大的贺礼啊！你现在，心里一定很后悔，当初不该救他吧。

徐　阶　救他？

严　嵩　他上疏之时，你正在侍候嘉靖皇帝，没有了老夫，你们君臣分外融洽吧……

【切光。

4

【本场中，建议嘉靖隐于一架珠帘之后。我们看不清他的面容，却能感受到他的威严与多疑。徐阶躬身伺候着。

【一片静谧中，鞭炮突然炸响。

嘉　靖　（吓了一跳）徐卿，今日非年非节，缘何有鞭炮响起？

徐　阶　启禀陛下。此乃百姓们为庆贺严氏父子倒台而放。

嘉　靖　（感叹）严嵩，严嵩……是朕糊涂啊，朕信任了严嵩这么多年。（责怪地）那严嵩父子蒙蔽朕这么多年，卿等也不告诉朕。

徐　阶　陛下恕罪！

【鞭炮声时隐时现。

嘉　靖　（有些触动）朕已年过花甲，做了四十多年皇帝。也许朕没有做明君的天分，朕应该全意修真，以求长生啊。

徐　阶　（恭敬又真诚地）陛下！古之圣者如尧，也曾简用“四凶”；太祖皇帝选拔了李善长、胡惟庸等逆臣。然圣君的圣明之处在于，一经察觉，即拔去凶邪、登崇良善。圣上简用严嵩，因为严嵩的才能足以辅政；圣上驱逐严嵩、处死世蕃，是因为他们骄横不法、有负圣恩。陛下赏罚分明，乃是大大的圣君！

嘉　靖　（有点心花怒放）真的么？

徐　阶　主上如同睡着的猛虎，偶一睁眼咆哮，即百兽震恐啊！

嘉　靖　真的吗？

徐　阶　臣愿效屈原，“乘骐骥以驰骋兮，来吾导夫先路”！

嘉　靖　朕如何知晓，卿会不会是下一个严嵩。

徐　阶　天下之所以有严嵩，皆因此物。陛下请看！（双手呈上一支笔）

嘉　靖　这不是内阁票拟的笔吗？

徐　阶　陛下圣明。自我朝设内阁以来，首辅独立票拟，次辅等不得与闻。如此一来，首辅便易于从中作威，蒙蔽主上，欺辱朝臣；更甚者天下只知有首辅，不知有圣上，严嵩即是一例。

嘉　靖　讲得甚是。只是，身为首辅，卿果真愿意让出这支笔吗？

徐　阶　陛下！在微臣看来，这支笔乃是杀身之笔啊！张孚敬攻击首辅杨一清，严嵩诬陷首辅夏言、计除首辅翟銮，皆是为了这一支笔。微臣以为，杜绝首辅专权、蒙蔽主上，让内阁诸臣齐心协力的万全之策，是所有诏书、敕命的起草，均应内阁首辅与次辅共同完成。

嘉　靖　共同完成……

徐　阶　然后呈交陛下，由陛下来决断。此所谓“以威福还主上”也。

嘉　靖　以"威福还主上"，由我来决断……（多疑地）你们倒是把责任推得干干净净。万一朕要犯错误呢？

徐　阶　（微微一笑）主上的旨意得当，辅臣就去执行；皇帝的旨意不当，辅臣就要净谏。这就是"以政务还诸司"。

嘉　靖　你在这儿等着我。

徐　阶　陛下！干政太多，则要百官何用，要六部百司何用？要他们，不就是为圣上分劳的吗？

嘉　靖　可我怎么才能知道，他们是不是尽心尽职，是不是又像严嵩一样，貌忠实奸呢？

徐　阶　微臣早就想到了，"以用舍刑赏还公论"。他们的表现，自有言官加以评判和议论。陛下只要兼听，鼓励广开言路，鼓励他们直谏，不要因言降罪，哪怕他们……他们说了不合适的话。

【幕内：

海瑞：卑职有奏，要面呈陛下！

太监：陛下正与徐少师议事呢。

海瑞：若公公不替海瑞代禀，瑞将跪死在此地。

……

【嘉靖从纱幕后走出。

嘉　靖　外面何人喧哗？

太　监　启禀陛下。户部云南清吏司主事海瑞有疏启奏陛下！

嘉　靖　海瑞？

徐　阶　陛下……

嘉　靖　徐卿不必多说。朕知道你要说什么，刚刚不是说要鼓励广开言路、不要因言降罪吗？朕今天就拿海瑞做个榜样。叫那些言官都看看，朕有纳谏的气量！

徐　阶　陛下！微臣的意思是说，那海瑞禀性刚直，言语偏激，若是有言语不当之处，还请陛下——

【徐阶还在磕头解释，嘉靖已经勃然大怒。

嘉　靖　（看，大怒）（念）“迩者严嵩罢相，世蕃极刑，一时差快人意。然嵩罢之后，犹嵩未相之前而已，世非甚清明也，不及汉文帝远甚”，还说“盖天下之人不直陛下久矣”，天下人都不满意朕！气死朕了，气死朕了！他在哪儿？快拿来打死！

太　监　回禀陛下，此人就在外面。

嘉　靖　快去看着他，别让他跑了！

太　监　是。（下）

嘉　靖　朕该做的都做了，陪朕修醮的真人杀的杀、撵的撵，严嵩罢相、严世藩弃市，举国都在称赞朕，独独这个海瑞，上《治安疏》说我“君道不正”，说我不见妻子不是个好丈夫，不见儿子不是个好父亲，不见臣子不是个好君主……简直恶毒之至！

徐　阶　陛下息怒！

嘉　靖　徐卿，此等无君无父、谩骂朕的恶臣如何定罪？

徐　阶　（拭汗）这……

嘉　靖　（厉声）别跟朕提言者无罪、从谏如流！

徐　阶　此人……此人论律当斩。

嘉　靖　斩？依何律条？

徐　阶　子骂父律。

嘉　靖　（疑惑）子骂父？

徐　阶　臣子以主上为天、为父，他骂圣上，有如儿子辱骂父亲。

嘉　靖　（笑）朕可不要这样的儿子。

徐　阶　（拭汗）臣听闻此人已经准备好死了，棺材都抬来了。

嘉　靖　他抬棺材来了？

徐　阶　（有意地）看来，他是知道这篇疏，会使得陛下龙颜大怒。

嘉　靖　（略沉吟，自信地）他想做比干，可我还不想做桀纣！

徐　阶　陛下圣明！

嘉　靖　他直言敢谏，可他这疏为何不早上？上在朕犯错之先？我罢黜了严嵩，斩了严世蕃，他仍要怪罪我，难道朕杀错了？或者，他只是想要敢谏的名声？

徐　阶　陛下圣明！陛下圣明！圣上，这海瑞是个一味刚直、不知变通的腐儒。陛下勿需理他。正如陛下所说，留下他的命，给天下的言官——

嘉　靖　（打断）徐卿忠心耿耿，朕甚为感动。只是，这朝廷之上，不是尽如徐卿的人。（举起《治安疏》）他们会抓住我的过错不放的，这样才能成就他们直言敢谏的名声。我的过错，白纸黑字都在上面写着，我怎么做都擦不掉了。要是我不听他们的劝告，他们还会把这些陈谷子烂芝麻的事拿出来的。

徐　阶　陛下……

嘉　靖　（毅然）人世是短暂的，明君的声望也是虚妄的。只有修真成仙，才是永恒的。

徐　阶　陛下难道又要重新修真？

嘉　靖　我从前不够虔诚，一面修真，一面还惦记着政务。不，不能这样，我要全心全意。我要传位给太子，给你们一个新皇帝。

徐　阶　恳请陛下收回成命！

嘉　靖　我们谁也不碍谁的事。你们得到一个清清白白、无可指摘的皇帝，我也专心修真。海瑞也不必再来骂我。

徐　阶　（急切）海瑞的话，稍有见识的人都认作是丧心之语，陛下切莫与之计较！

嘉　靖　别再劝朕了，那个海瑞——

徐　阶　愿陛下效仿古之仁君，千金买马骨，只为广开言路、鼓励臣子讲话罢了！

嘉　靖　朕给徐爱卿个面子。

徐　阶　陛下圣明！

嘉　靖　不过，一点也不治罪，那也太便宜了他！他说我“陛下之过多矣”，朕的过错多了，再多一件也无妨！

徐　阶　陛下……

嘉　靖　把他关起来，打入死牢。

徐　阶　陛下……

嘉　靖　朕也要给这些爱唠叨的臣子看看，朕不好愚弄！徐爱卿不要再多说了，朕累了！

【切光。

5

【严嵩和老年徐阶。

严　嵩　（幸灾乐祸地）我一直想知道，你当初救海瑞，到底是出于什么目的？

徐　阶　不过是不想让先帝再开杀戒，寒了臣子的心。

严　嵩　不，你就是想拉拢他。

徐　阶　（好笑）拉拢他？

严　嵩　他的人缘是不好，越是这样的人，你一对他好，就会对你死心蹋地、肝脑涂地。你就是看准了他这一点。

徐　阶　别把人想得跟你一样。

严　嵩　别不承认。不过你失误了，你不该揭人家的短。

徐　阶　短？

严　嵩　他在去江西兴国将老母接到京师后，兴奋地给你写了一封信。

徐　阶　收到信的时候，我正在做一件很头疼的事情……

【徐阶书房，张居正焦急等待着。他时不时从怀中掏出《嘉靖遗诏》抄本，默默诵读，时而颔首，时而摇头。“自即位至今，建言得罪诸臣，存者召用，殁者恤录，见监者即先释放复职。方士人等，查照情罪，各正刑章，斋醮工作采买等项不经劳民之事悉皆停止。”

【徐阶上，张居正迎上。

徐　阶　居正星夜前来，不知何事？

张居天　特为遗诏之事。老师，万万不可独拟啊！

徐　阶　为何？

张居正　先帝在时，老师力主内阁集体票拟；先帝甫逝，老师改弦更张，世人必以为您是想独揽大权。内阁高拱高大人、郭朴郭大人他们会怎么想……

徐　阶　（好笑地）他们？

张居正　况遗诏兹事体大，倘有不慎，则万箭攒身。老师一生谨慎，此时为何……

徐　阶　居正怀疑老夫有私心吗？

张居正　不敢。

徐　阶　老夫确有私心，老夫要借先帝之口，在这遗诏中做几件大事。

张居正　大事？

徐　阶　废除大兴土木，这是一件。废除“求珠宝、营织作”也是一件。

张居正　这都是有利民生之事。两位大人应该没有异议。

徐　阶　还有，因“大礼议”案、李福达案被罢官、极刑、流放的官员，也拟借遗诏一一复官，为他们平反昭雪。

张居正　啊？此两案中，颇有些与高拱素有嫌隙的官员，恐怕……

徐　阶　还有，先帝喜爱的斋醮、修真，也拟在遗诏中废除。

张居正　万万不可！这是引火烧身啊！居正所担心的，也正在此啊！

徐　阶　必须如此。名不正则言不顺，民生的安定也是暂时的。只有寻根溯源，明确主上也会犯错，言官无罪，才能重振朝纲、永葆江山。再说，先帝生前，自己也说求仙虚妄。

张居正　但先帝已去，无人能替先生辩白。否定先帝，罪不可测啊。

徐　阶　所以，你说的高、郭二位大人，他们有这个胆，有这个担当吗？

【居正不语。

徐　阶　讨论来讨论去，那些利在当下、功在千秋，让整个朝政焕然一新的内容还是要删掉，剩下的是四平八稳、无关痛痒的歌功颂德之词，那于天下有何用处？

张居正　万一、万一他们以此攻击，老师何以自处？

徐　阶　（略一沉吟）随它去了。大丈夫既以身许国家，许知己，惟鞠躬尽瘁、粉身碎骨而已，他复何言。

张居正　学生愿随老师粉身碎骨！老师口述，我来执笔……

徐　阶　不可。

张居正　是学生资历不够?

徐　阶　非也。是这遗诏水太深，一个不慎，即有灭顶之灾。我不许这上面有你一个字。（拍张）耐住性子，保护好自己，不急，不急。

【家人送信上。

家　人　启禀老爷，从江西来的信。

徐　阶　（拆信）是海瑞来的。他去江西兴国接老母。

张居正　（接过，念）“今获团聚，天高地厚，愚母子感激可胜言耶?”

徐　阶　你以为此人如何?

张居正　老师竭力救他出狱，又授其大理寺正一职，学生不敢言。

徐　阶　但言无妨。

张居正　此人整顿赋役，减轻百姓负担，澄清吏治，这些政绩可圈可点。然其自恃清廉，求治过急，缺乏通达，有不识政体之忧。

徐　阶　继续讲来。

张居正　以其上《治安疏》而言，严嵩父子倒行逆施、气焰冲天之时他不上书，偏偏在先帝改弦更张、弃旧从新之时，来了个《治安疏》，有沽名钓誉之嫌。

徐　阶　唉，真是半路里杀出个程咬金啊！若是先帝在，也不用我煞费苦心草遗诏了。

张居正　所以，学生以为，这个海瑞乃是腐儒，而非国士。

徐　阶　海瑞好歹还是正直的。你替我回封信给他吧，叫他勉力为国，勿以我为念。

张居正　我还听说，他和前后几任妻子的关系都不好。先后休了两任妻子，续娶的一妻一妾又同日服毒自杀。

徐　阶　哦？居正，你替我回信给他：治国必先齐家，家都不能齐，国何可以治？

张居正　海瑞为人多疑，学生以为，这信，还是不写得好。

徐　阶　不妨事。

【张居正执笔写信。

【切光。

严　嵩　你要人家处理好家庭关系。这不是揭人家的短吗？你的热脸贴了冷屁股了！

徐　阶　我看未必。

严　嵩　那这位应天巡抚，为什么单单找到尊府上来，要你退田？

徐　阶　海刚锋做的事，老夫早在嘉靖四十四年就做过了。景王载训薨逝的时候，没有儿子，封国自然废除。是老夫奏请退田，把景府皇庄田地分给当地百姓。他这是在效仿我，并非对老夫有什么成见。

严　嵩　徐阶，你这回乡两年，这政治斗争的经验，不进反退啊！

徐　阶　若老夫果真有差错，也望他秉公而行。

严　嵩　（笑）孔夫子云，“听其言而观其行”，我倒要看看，你是怎么做的。

【严嵩隐去。

6

【徐璠上。

徐　璠　父亲，田册已奉命理好了。

【徐阶翻看，不语。

徐　璠　父亲，写信给张居正吧！隆庆帝逝后，那万历皇帝继位。圣上自幼从张居正读书，对他十分的宠信……

徐　阶　新主登基，居正正在大展宏图、殚思竭虑之际，我不能帮助他，反倒用家事去扰乱他的心智吗？若尔等果有不法之事，为父绝不纵容！

【徐璠不敢再语。

徐　阶　这是所有的田册？

徐　璠　所有的田地交易，都在这儿了。

徐　阶　全部清退。

徐　璠　父亲！即便我徐家田地全部退掉，也只有一万余亩；依他所言，我们要退十万亩呢！

徐　阶　为何数据如此悬殊？

徐　璠　有些是亲戚的田，挂在我们名下逃避赋税的。现在听说要退田，他们都取走了。

徐　阶　此言当真？

徐　璠　儿子愿发死誓！地契、田册都在这儿了！

【徐阶不语。

徐　璠　（试探地）父亲，依儿子拙见，这位海大人来势汹汹，莫非是为了金子？

徐　阶　海刚锋不是贪财之人。

徐　璠　可人是会变的。倒不如……

徐　阶　住口！璠儿，你看看自己，满口利字，哪有半点读书人的样子？（稍顿）明日派人连田册带书信送至海大人处，再作计较。

【切光。

第二幕

1

【海瑞公堂，案牍堆积如山，车载斗量。

【人声鼎沸。

【幕后音。

海　瑞　众民听着。凡讼之可疑者，与其屈兄，宁屈其弟；与其屈叔伯，宁屈其侄；与其屈贫民，宁屈富民；与其屈愚直，宁屈刁顽！

众百姓　大人，小的们听不懂，还望大人解释。

海　瑞　简单来说，要是斗气争礼貌的案子，兄弟相争判弟输，平民与乡官相争，判平民输，因为要有上下之分嘛。但是，只要是争产的案子，贫富相争，判富户输，平民与乡官争产，判乡官输。

【激烈的掌声，欢呼声。

说得好！有了海大人给咱们穷人撑腰，咱们不怕了！

那些富户乡官都躲起来，当乌龟了。

把他们从龟壳里揪出来，这些年的账，该算一算了！

海大人是神。宋代的包青天是神，他也是神！

我们要给海大人立生祠，要送万民伞和清官旗。

【海忠随海瑞上。

海　瑞　（翻拣案卷，念）“告徐家侵吞我家田亩……”“徐家强占民女、诬人夺产……”（停卷叹息）存翁田地之多，令人骇异！（见海忠上，问）这徐府的地契、田册送来没有？

海　忠　刚刚送到。

海　瑞　退田册？他果然交来了？

【海瑞迅速翻看，初喜，后眉头紧锁，站了起来。

海　瑞　怎么，退田仅万余亩，太少了！据乡民指控，徐府有田二十余万，二十余万而退一，何足道哉？如果乡官都学徐府的样，这退田之举，岂不成了虚话？海忠，那查实徐府田产之进展如何？

海　忠　回大人，所辖十府知府回复，应付诉状焦头烂额，加之水灾频发人手奇缺，尚无实数上报。

海　瑞　（怒，拍桌）可恶。传我口谕，速去查明，若仍推隔阻拦者，严惩不贷！

海　忠　（跪下）大人！

海　瑞　又有何事？

海　忠　老仆以为，徐府退田一事，大人操之过急了。

海　瑞　为何？

海　忠　那徐阶做了几十年高官，有朝廷的俸禄，有皇帝的赏赐，置办田亩很正常。

海　瑞　依照他的俸禄，能置办得起几十万亩地吗？

海　忠　那都是道听途说，现在田册上写着的，官府有登记的，才区区两万亩。

海　瑞　可光诉状上就有七万多亩，还不断地有诉状交来。

海　忠　大人，（拿诉状）这告徐府侵占田亩的诉状中，有的地块根本是子虚乌有，有的两张诉状告徐府侵夺了同一地块……依老奴之见，这诉状有诈啊。

海　瑞　啊！若非真的有冤，平民安敢告阁老？

海　忠　那是因为，一则天下并非都是大人一样的至诚君子，二则老爷的布告——

海　瑞　我的布告怎样？

海　忠　“宁屈乡官，勿屈平民”，平民告官百分百能赢啊！

海　瑞　你是说，有刁民借机诬告谋财？

海　忠　大人，那富贵之家养有戏班，徐家连歌童也无；富贵之家养有门客，闲时陪主人消遣，有事帮主人出谋划策，徐家也没有。徐府家仆百人不到，根本不是豪富之家。快快写封告示，驱散在徐府外喧哗的民众吧！

海　瑞　这……

【外面喧哗阵阵。

“不公平”！

“糊涂官”！

富户就一定有罪，穷户中就没有不法之徒吗？

凭贫富断案，那还要《大明律》何用？

……

海　瑞　（立起）叫他们休得喧哗！（坐下）徐府的案子，我再想想……

海　忠　是。（下）

2

【海瑞思虑重重。

【严嵩上。

严　嵩　海大人，久别不见了！

海　瑞　你是谁？啊，你不是死了吗？

严　嵩　严某虽死，倒还心心记着海大人。

海　瑞　奸贼！（抓起砚台欲打）

严　嵩　（抓住海瑞）老夫一心为主，何奸之有？

海　瑞　多少志士因你而死！沈炼被你酷刑拷打，杨继盛被你窜入他案处死，就连老夫，若不是你失势垮台，也要惨遭你的毒手……

严　嵩　若无圣上之命，我杀得了杨继盛吗？我杀得了沈炼吗？都是皇帝亲自下的命令，老夫不过秉承圣意罢了！这恰恰说明老夫一片忠心，天地可鉴，日月可证！

海　瑞　（又欲打）海某与你不共戴天！

严　嵩　恰恰相反，老夫对大人却是一片好意。

海　瑞　好意？哪个要你的好意？速速与我走开，退下！

严　嵩　海大人既然连老夫之鬼也容不得，老夫也只得徒唤奈何！在离开之前，老夫不过想讲两个故事给大人听。

海　瑞　哼，本官早知你与徐阁老有仇，莫不是你要谗言中伤于他？

严　嵩　非也，我只是讲一个我与夏言的故事。我和夏言，你知道的，都是江西人士。我比他年长，考取功名也比他早了12年。可我生了一场大病，在故乡钤山休养了十年。在这十年里，夏言却青云直上，一直做到礼部尚书。他又长得仪表堂堂，等我重新回到朝廷时，他已经是内阁首辅了。怎么办？拉下脸皮来巴结。这很难，因为夏言不是个容易巴结的人，他爱摆臭脸，对我陪着皇帝打醮不屑一顾，也看不上我写的青词献媚圣上。但我就是老着脸皮巴结，巴结到他不好意思。有一次，我过生日，亲携书启到相府请他前来，他竟然闭门不纳。

海　瑞　门闭得好！对你这奸贼，就该闭门不纳。

严　嵩　我就跪在门口，将邀请高声诵读一遍。

海　瑞　真是斯文扫地，无耻之尤。

严　嵩　我也觉得斯文扫地，可我想，只要他来就行。果然，他来了，昂然前来，一点礼物也未备，且只喝了三勺汤就走，显然不把我放在心上。就在他要走的时候，我拉着老妻，双双去给他敬酒。我比他大两岁，又同时内阁辅臣。两个白发老人敬酒给他，已经万分折辱了，他喝了也就算了。可他偏不，他说“要我喝酒，你得说说理由”。说完，还拿两个眼睛瞅着我。我知道他厌恶我奴颜婢膝，想当着大家的面儿，给我下不来台。我一咬牙，拉着老妻“扑通”跪下，我把他比作再生父母、比作天、比作地……我感动了他，也许是吓到了他，反正从此后，他再也不与我为难。后来的事，你应该知道。我把他送上了断头台。

海　瑞　（打）你这不义贼子，人人得而诛之。

严　嵩　可我后来，却败在徐阶手下。

海　瑞　啊？

严　嵩　（趁机）老朽已是泉下之魂，已经用不着争斗了。老朽此行，全是为着大人的安危。老朽有一言相告，那徐阶之心机，胜于老夫百倍。

海　瑞　怎么？

严　嵩　老夫当日结撰青词取容主上，他也曾如此。可先帝宾天后，他却把此事批得一文不值。

海　瑞　（摇头）本官也不能赞成他的行为。

严　嵩　我也曾经请徐阶到府上来做客。我只设了一桌宴，只请了他一个人。

海　瑞　你想要害死他？

严　嵩　慢性毒药致死，是六个月后的事，谁也查不出什么来。令我意外的是，他竟然真的一个人来了，一个随从都不带。我讲了多少奉承他的话，我不记得了。在我就要动手时，我突然看到他坦然的眼神。那眼神仿佛告诉我："嗨，老严，你看，你让我来我就来了。我不怕你下毒，不怕你有埋伏，不怕你使任何坏。因为我相信，你不会在家里杀人，不会在你的子孙面前杀人，不愿意让你子孙生活的堂皇富丽的地板染上血迹。在家里人面前，我们不杀人。"那一刹那，我突然觉得我们息息相通，可以化干戈为玉帛，成为至交好友——虽然我们斗了这么久。我做出了令我终身后悔的举动。我一击手——（动作）

海　瑞　怎么？

严　嵩　我严府所有内眷，全都衣衫不整跑出来，围在他身边团团跪下。

海　瑞　无耻之尤！

【配音：徐大人，救救我们吧。可怜可怜我们吧！

严　嵩　我想要感化他，真诚地告诉他，我不想再斗下去了。（拱手）"老朽年老体衰，精力不济，无能为矣。但老朽为政二十余年，积怨自然也多，只恐致仕之后，子孙安危，毫无保障，故拜托少湖日后照拂……"

海　瑞　那徐阶呢？

严　嵩　他也慌忙跪下，指天涕泣，以生死发誓，保我严家一门性命。我被他的赤诚感动，甚至想明天就致仕，把首辅一职让给他，可到第二天，再见到他时，我找不到坦然、无辜的目光了。再后来，他暗中勾结妖道蓝道行，伪称天意中伤我父子，致使我被驱逐出京，我儿世蕃身首异处。

海　瑞　你想要说明什么？

严　嵩　我与夏言的故事中，夏言心软，他输了；我与徐阶的故事中，我心软，我输了。

海　瑞　一派胡言。老夫做官，为的是苍生黎民，尽忠主上，不是官官相斗！

【海忠上。

海　忠　大人，闲杂人等已经驱散，请大人下令吧！

严　嵩　（紧逼）退田令是大人亲自颁发，徐府有田二十万已人尽皆知，大人受理诉状更是深得民心，百姓仰望大人犹如仰望甘霖；若半途而废，民怨沸腾。到时阁下何以自处？

海　忠　大人还犹豫什么？徐阁老是快七十岁的老人，经不起折腾啊。

严　嵩　当断不断，反受其乱！

海　忠　大人不可忘本啊。大人蒙难入狱，多亏徐阁老才保住一条性命。

海　瑞　你指的是抬棺上疏？

海　忠　当年在狱中，叫天不应，叫地不灵，大人都忘了吗？

【切光。

3

【光起。

【海瑞骂声：来人，放我出去，我要见圣上，我要上书！

甲　　吵得我头都大了。钱没有，空有一副下水！

乙　　清官，清官你就有理？

海　瑞　（幕内）放我出去，我要见圣上！我要把乱臣贼子杀个干净。我要清君侧！

丙　皇上怎么不杀了他！

乙　杀了反倒成全了他。他为什么抬着棺材上疏？他分明是想死。

丙　好死不如赖活着，干吗寻死呢？

乙　你们难道不知吗？这位海大人，是出了名的清官难断家务事。别瞧他在外面一派清廉、道貌岸然的，可他家里，却是人仰马翻鸡犬不宁地乱极了呢。我听说，他前后娶了三个老婆两个妾，生了七八九个子女。就在前不久，他的一个妾上吊自杀了！

丙　啊？这是怎么着呢？

乙　在此之前，他的夫人也死了。

甲　这是为什么？

乙　还是因为穷。您想啊，性子这样古怪，家里又衣食不继，谁想跟着他呀！

甲　这也算几品的官呢，混得还不如咱们呢！

丙　我明白了，他遇到这么一大堆不顺心事，自己也不想活了，所以上疏把咱们圣上给痛骂了一番。圣上怎么不马上处死他呢？

乙　因为咱们圣人圣明啊！您想啊，皇帝一听，嗬，这个人还抬棺材，可见是不怕死的。他不怕死的上这么一封该死的疏，不是想死，那是想什么？嗯，你想死啊，我偏偏不让你死！咱们圣人不肯背这黑锅！

甲　圣人果然英明！

乙　可这样一来，倒便宜了这家棺材铺。

丙　为什么？

乙　这件事，整个京城都轰动了，大家到处在打听那具棺材。简直是棺材铺的活广告！

海　瑞　（上，高声朗读《治安疏》内容）“二十余年不视朝，纲纪弛矣。数行推广事例，名爵滥矣。二王不相见，人以为薄于父子。以猜疑诽谤戮辱臣下，人以为薄于君臣。乐西苑而不返宫，人以为薄于夫妇。天下吏贪将弱，民不聊生。”

丙　这又臭又长的八股文章，谁要听？

甲　弄点辣椒水，让他知道，没有钱就活受罪！

【众狱卒下。

海　瑞　我要上书，我要上书！（把《治安疏》团成一团）

【海忠上。

海　忠　大人！

海　瑞　家里怎么样了？

海　忠　老夫人与两位少夫人吵成一团了！少夫人要变卖首饰，疏通关系搭救老爷；而老夫人坚执不许。

海　瑞　她说什么？

海　忠　她说：“我儿能抬棺上疏，尽忠纳谏而不畏身死，必将名满天下，流芳后世。老妇死了，能够无愧对于海家列祖列宗了！老妇可以含笑九泉了！”您听听，老夫人不但不伤心，而且还笑呢！

海　瑞　（喃喃地）知我者我母也！知我者我母也！

海　忠　少夫人哭得真可怜，还有几位少爷小姐。（取出银两）这是为搭救老爷，少夫人拿出来的体己银子……

海　瑞　体己？她们果然瞒着我有体己！

海　忠　大人体谅体谅夫人们吧！大人的官俸微薄，常常被免职没有官做，她们攒点体己，也是为着叫自己的子女们饥饿时有口饭吃，不至于落得像四小姐绝食而死的下场……

海　瑞　住口！该死！

海　忠　不说，老奴不说！夫人叫大人写封信吧，老奴替您转交给相熟的大人，让他们替您说说好话，饶您不死吧！

海　瑞　（掂掂银两，苦涩地）这些许银子，想要买通身居高位的人，太自不量力了。

海　忠　那老仆去找少夫人商议，我们再去凑！

海　瑞　（摇头）即便有金山银山在手，也救不得今日之祸。老爷我这次惹的不是胡公子，鄢懋卿，我骂的是皇上！那些高官尽是明哲保身之人，他们避之唯恐不及呢！

海　忠　老爷，那徐阁老呢？我听说，自打严嵩垮台，他是皇上眼中的红人儿，他为人正直，性情宽厚……

海　瑞　一个乡愿之徒罢了！他若是会救海某这些失势之人，也就做不到内阁首辅了！况且，海某与他素无来往。（拿起银两）不要去白白受辱了。你把这些银钱藏起来，逐日买些肉给老夫人吃。（感叹）圣人说“七十者可以食肉”，可我母终年蔬食，只有生辰才略备肉荤……

海　忠　那少夫人们问起呢？

海　瑞　就说老爷自有主意。银两你且收好，不可让他们看见，又生淘气。老夫人若问起肉从何处来，你就说是百姓敬佩你家老爷为人，出钱相助的。（拱手）高堂在上，儿子无能，这是对您最后的孝敬了！

海　忠　老爷……（拭泪）

【三狱卒复上。

甲　有银子！（抢）

海　忠　这是搭救我家老爷用的！

乙　去你的！（推倒他）

海　瑞　给他们吧！没有想到，孝子最后的一点心意，我都尽不到！（凛然地）我想用不了多久，宫里的太监会捧着毒酒和白绫子来找我的。到时名满天下，我母和我百世流芳，同为不朽，这就是我的孝敬吧！让太监捧着毒酒和白绫来吧！让我死，让我死吧，别让我半死不活地埋没在监狱里吧！

甲　想死？别着急。

乙　海瑞啊，虽然说咱们在外面过得不是那么舒心，上司找麻烦，太太不贤惠，也犯不着盼死吧？

丙　他当然不是盼死，他是希望死得有价值。

甲　他要被太史公那样的人写进书里。

乙　我明白了，所以您才抬着棺材上书，这多新鲜呐。以前只有拉着衣角、被人家砍流血了上书的，也有自个儿抹脖子搞尸谏的，也有一头撞死在金阶的。他们的成本多高啊，可您不一样，您事先只投了一具棺材，这棺材还没用上！

【三人哄笑。

海　瑞　无知小人，无知小人！

甲　死没什么了不起的，活着才犯难呢。

乙　三步倒，喝了就死。

丙　让你好好尝尝味道。

海　瑞　你们是什么人？我不死于无名小卒之手，我要圣上赐我死！

甲　别做梦了！实话告诉你，圣上已经病了，宫里忙得团团转，没人来传旨，更没人准备毒酒和白绫。

海　瑞　陛下，圣上……（叩头）罪臣伏请陛下圣安、圣安……

乙　哥几个，麻利点，省得他叽叽歪歪没完没了。

【他们七手八脚抓住海瑞。

海　瑞　（挣扎）住手，你们这些蛮徒！

甲　敢骂我们？知不知道，绛侯周勃都怕我们这种人，都要说我们尊贵，飞将军李广被我们吓得自杀。你敢藐视我们？

海　瑞　本官从未受过此种凌辱！

丙　叫你藐视我们！叫你乱上疏！

海　忠　各位大爷，有气就打老奴，放过我家老爷吧！

【众狂徒推倒海忠，扑向海瑞。

海　瑞　天，我海瑞还能重见天日吗？救苦救难的恩人，您在哪里呀！

【正闹间，一太监上。

太　监　大胆，还不退下！

【众狱卒退下。

太　监　海瑞听旨。

海　瑞　（整理衣冠）公公来了，好了，我马上就要死了！

太　监　胡说什么呀！先帝崩了，徐少师代拟遗诏，海大人无罪释放，并被任命为大理寺正了！

海　忠　谢天谢地，谢天谢地！

【海瑞捶胸顿足，号啕大哭，昏死过去。

海　瑞　圣上、陛下……等等微臣……

【切光。

4

【光起，海瑞、海忠与严嵩。

海　忠　大人，徐阁老对您有恩啊！大人出狱回家，太夫人怎么嘱咐您的？

海　瑞　她让我知恩图报。

海　忠　徐阁老还一再擢升您的官职，您的官途，何曾如此顺畅过？您赴江西上任的路上，他还亲自写信来，教您做人的道理……

海　瑞　（不想再听下去）不要再说了，速拿笔墨来！

【海忠转身去拿笔墨。

严　嵩　早知海刚锋徒有虚名，老夫也就不来这一趟了！

海　瑞　徒有虚名？

严　嵩　（背诵《治安疏》片段）"二十余年不视朝，纲纪弛矣。数行推广事例，名爵滥矣。二王不相见，人以为薄于父子。以猜疑诽谤戮辱臣下，人以为薄于君臣。"

海　瑞　（意外）这是本府的《治安疏》，你竟然会背？

严　嵩　原来海刚锋也不过是投桃报李、假公济私之徒！

海　瑞　你说什么？

海　忠　大人在与谁讲话？

海　瑞　你且退下，退下！

【海忠无奈下。

严　嵩　虽然此疏让老朽如芒在背，但骂得有理，老朽服气；更重要的，是海大人您公正无私，您连皇帝都批评在内。在我朝，除了您，谁还有这样的胆识？

海　瑞　有人说，我的文章是不识时务的马后炮，因为杨继盛、沈炼他们的表章远在我之前——

严　嵩　他们写了什么，老夫全然不晓。可海大人的文章，老朽过目即能成诵！

海　瑞　（摇头）惭愧、惭愧，一个奸臣——哦，你——竟然读过本官的《治安疏》。

严　嵩　老朽还钦佩大人抬棺上疏的行为。

海　瑞　有人说，我抬棺上疏是虚张声势的沽名钓誉——

严　嵩　他们是嫉妒，因为他们没有这样的胆量。

海　瑞　有人说，我抬棺上疏是因为母妻不和，家室不绥——

严　嵩　他们是擅生是非的长舌妇！

海　瑞　（感动）啊！

严　嵩　可惜，可惜！

海　瑞　什么？

严　嵩　老朽也曾感佩过，海大人初到江南，不去找舒御史、吴尚书，偏偏找上曾担任过首辅、在朝中门生无数的徐阶，是铁骨铮铮的海刚锋。但老朽错了，今日之海刚锋，已经不是当初写《治安疏》的海刚锋了。（拄起拐杖）老朽走了。

海　瑞　严——分宜……

严　嵩　当断不断，必受其乱；箭在弦上，不得不发！

海　瑞　那恩将仇报、忘恩负义——

严　嵩　报徐阶这种伪君子、大贪官的恩惠，松江百姓会如何想大人？他们会以为，大人不过是欺世盗名、同流合污的贪官！

海　瑞　贪官……

严　嵩　寡母辛苦抚育，宦途千难万险，抬棺上疏险些丧命，大人是为了做个贪官吗？

海　瑞　不、不——

严　嵩　对他严加追索，急惩不迨，百姓反会佩服大人刚直不阿，齐声颂扬大人的功德！

海　瑞　可是，这田册上仅有两万余亩，与诉状相差悬殊——

严　嵩　哈哈。大人可知他辞官还乡之日，随身行李箱笼装了一百余车吗？

海　瑞　哦，装的什么？

严　嵩　你想还能是什么？

海　瑞　莫非是银两？

严　嵩　然也。

海　瑞　又不曾有人打开过，说银两也只是空口无凭，不足为据。

严　嵩　巧就巧在，搬行李的时候，有一个箱子跌落在地上，一下子就散开了，搬行李的人吓得面如土色……

海　瑞　是什么？

严　嵩　黄澄澄的、金灿灿的，一个个排列整整齐齐……哼，都说我严嵩贪了几百万两，可把我全家都抄了，也只有十几万两。我贪从何来？我真是冤死了！

海　瑞　徐少湖安能如此贪婪？

严　嵩　做官都未能免俗。当然，除了大人您。

海　瑞　那仆人现在何处？

严　嵩　无人知晓。据说，那个搬行李的人，从此后就默默地消失了。

海　瑞　皆是道听途说，岂足为信？

严　嵩　信也罢，不信也罢，他们能把金砖变成田亩，自然也能把田亩变成金砖。你查不出田产，是因为他把田变卖了，换成了金子。他拿不出田，你就抄他的家，如果能搜出大于田产价值的银两，就证明你是对的。（拿状纸）看这里面，有没有跟徐家相关的，总得有一两个……

【海忠匆上。

海　忠　大人、大人，这是内阁辅臣李春芳李大人的加急书信。

海　瑞　李春芳？（拆信）（念）徐府家事，恶仆诚该处置，对徐阁老应加照拂，闻说已造册退田，海大人似应适可而止，为前首辅存些体面。（冷笑）他们的消息好灵通！他们还上书弹劾我，我倒要看看，他们都说些什么。

【以下官员出现在光影中。

官员一：海瑞名过其实，不堪大用。政令乖谬，恐非人情。请陛下调瑞回京，以全江南一方百姓！

海　瑞　官官相护，官官相护！

官员二：海瑞性情执拗，刚愎残忍；其五岁之女，因食仆人一糕饼，被他逼勒至死。

海　瑞　五岁幼女能因节义不食而死，是我海瑞教女有方！

官员三：海瑞家口不绥，人所共目，其母性情乖僻，婆媳不能相容。一妻一妾在同一天死去，其中情由颇为可疑！

海　瑞　（终于按捺不住）我的侍妾自缢于八月十四日，而夫人于同月二十五日病死。怎说是同一天？她二人不能相容，与我母何干，与我何干？你们，你们全是一群道听途说的长舌妇！

海　忠　老爷，这江南退田之事，已经是天下哗然，物议沸腾了！老爷需速速拿个主意啊！人非圣贤，孰能无过，有过而改之，善莫大焉！（拿起田册包裹递给海瑞）这田册上载明得清清楚楚，你是堂堂督抚，做事得讲证据，十万亩田，他确确实实是没有，你就是把徐家的田都收了，也凑不够此数啊！

严　嵩　证据只要找，总归是有的。（从海瑞接过田册）这包袱重得有些不正常。（打开，一包金子掉出）原来，他们认为海大人是个贪官。

海　瑞　金子？

严　嵩　（缓缓）若不是心中有鬼，为什么贿赂大人？

海　瑞　海某的名声，不是你们可以毁掉的！

海　忠　老爷，这恐怕是徐阁老的公子所为，不是他的主意！徐阁老谆谆教诲你治国先齐家，像父亲一样教导你……

严　嵩　这个人唠唠叨叨，没完没了！

海　瑞　又来了！我何曾不齐家？休掉的两个妻子，是她们不贤不孝，不能侍奉姑嫜。

海　忠　那死掉的二位夫人呢？

海　瑞　混蛋！

海　瑞　你处处替徐府讲话？莫非受了徐府的贿赂？

海　忠　老爷——

海　瑞　（逼视）你是我海瑞的奴仆，还是徐家的走狗？

海　忠　（愣）大人——

海　瑞　吃里爬外的东西，滚！（一脚踢倒海忠）

【海瑞重新提起笔，他的内心中，两个声音交战着。可以分别是严嵩和海忠。

声音二：知错能改，这是圣人的金言啊！

声音一：出尔反尔收回政令，那朝内的众官，会放得过你吗？对你寄予厚望的江南百姓，能不唾骂你吗？灰溜溜回老家，你还有东山再起的机会吗？你海瑞致君尧舜，大济苍生的愿望，好不容易树立起来的清名，岂不是一场空？

声音二：不能想当然、主观臆断啊！徐阁老和你母亲年龄相仿，你怎么忍心对待一个老人！

声音一：我的母亲近古稀之年，仅能在生日时吃些肉食，可这徐阶呢，他一门老小锦衣玉食，何曾管过百姓死活？他徐府这多家产，难道不曾盘剥过百姓？

声音二：证据在哪里？按照田册所记，仅有两万余亩。

声音一：上门去查抄，抄他的家，抄出银两来就不怕！

海　瑞　（不由自主喊出来）抄家，抄家！（挥墨）

【百姓的议论：海大人清官啦！海大人替我们夺回田产，犹如再生父母啦！海大人为民作主！

【也有严嵩得意的笑声。

【听着听着，海瑞突然打了个寒颤。

【切光。

第三幕

1

【徐阶坐躺椅上打盹。

【徐阶梦境。

【奉天承运，皇帝诏曰：察内阁首辅徐阶独运钧衡，屏斥庸吏，惩罚贪墨，有十八年辅相之力，因年老多病，上书求归。朕深感惋惜，悯其衰弱，恩准归家，特赐玉玺，以示褒奖。

【烟雾缭绕之中，响起锣鼓和马蹄的声音。

【以下均可考虑是纱幕后。

徐　阶　真是"少小离家老大回，乡音无改鬓毛衰啊"。璠儿，为父此次回来，青山依旧，不知乡风可淳朴依旧啊！

徐　璠　父亲，就到家门口了，听说您回来，众邻都来了。

百姓一　回来了，回来了，徐阁老回来了。

百姓二　啧啧，行李就上百辆车。

百姓三　不是说他是个清官吗？

百姓四　他不捞钱，他儿子要钱。

徐　璠　父亲，前面就是接官亭。

知　府　下官恭迎少师荣归！

徐　阶　折杀老夫了。阶何德何能，敢劳动大驾？

【箱子撞击的声音。

家人一　各位各位，小心箱子，这里全是我们相爷的至爱之物。

家人二　哎呀！

【箱子散落的声音。

徐　璠　该死，怎么不小心？

家人二　大……大……大人恕罪。

徐　阶　不妨事不妨事，不过是些书而已，摔不坏的，捡起来就是。

百姓一　原来是书！

百姓二　还真的是书呢！

百姓三　孔夫子搬家，尽是书！

百姓四　是个大大的清官啊！

【爽朗的笑声，突然变成刺耳的骂声。

百姓四　还我贱卖的田产！

百姓一　还我银两！

百姓二　什么徐少师，我看是老不死吧！缺德！

百姓四　还钱还钱！同样是一亩田，退他二十两银，却为何只给我十两？

百姓三　我们把他徐家的门给堵了，看他们出来不出来。

【徐阶陡然惊醒，立起，踉跄。

2

【张居正的呼唤。

张居正　老师，老师！

徐　阶　啊！我这是在哪儿？现在是什么时辰？

张居正　现在是隆庆二年午时，您的书房里。

徐　阶　你是？

张居正　学生张居正。

徐　阶　我不是在做梦？

张居正　老师，现在不是开玩笑的时候！高拱果然下手了！这是他们弹劾您的奏章。

徐　阶　（从容戴上帽子，接过来看，淡然地）哦，攻击我假托诏旨。

张居正　他们说，先帝在时您争写青词以相取媚，先帝去了却斥退修真，是不忠不义……老师，我已经想好了还击他们的办法……（拿出一纸）这是高拱当年自荐斋醮的密奏。以此为盾，可陷彼之矛。

徐　阶　（止住）居正，你今年多大了？

张居正　不肖虚度四十三春。

徐　阶　担任裕王府讲官几年了？

张居正　已有多年。

徐　阶　哦。（想心事般，不去理他）

张居正　老师，事不宜迟。高拱这次来势汹汹，意在让您交出首辅的位置啊！

徐　阶　不急，为师有一物相赠。（拿出一纸）

张居正　这是在下的字迹？

徐　阶　是你多年前写的。你的信中说，朝中奸臣当路，而我却畏缩不前，你深感失望，决定致仕还乡。当时，你才刚刚三十岁。

张居正　啊，请恕在下的年少轻狂！

徐　阶　当年严嵩势力正盛，先帝对他言听计从，正人君子束手无策，而立之年的你都想退隐；如今我已近古稀，我想做同样的事。

张居正　主上是信任您的，何必为了高拱……

徐　阶　我不是怕高拱。严嵩比他更凶恶更无所顾忌。对付严嵩，我的办法是由他去，他要卖官就卖官，他要贪贿就贪贿，他要培植党羽就让他培植党羽，他要打击言官，能保护就保护，不能保护我就保持沉默。但严嵩不懂军事，除冒领军功和安抚外寇外，什么主意都没有。所以，这几十年来，他干他的，我干我的。他获得了财富，而我完成了军事将领的配置。（稍顿）等到击退鞑靼，收复河套有望，我就能够告诉圣上，对付鞑靼也好、倭寇也好，最好的办法是战斗，而不是安抚。严嵩在骗他。在此之前，对于严嵩，让他去贪贿，让他去弄权。我知道，他积攒的财富、他霸占的官职，不过是寄存在他那里的，圣上只要弹弹手指，那些东西全都会各归各位，该是谁的就是谁的。

张居正　是的，学生如今能理解老师的苦心经营了。

徐　阶　是惨淡经营。为师不知道谁会赢，一点把握都没有。我要跟你说件事，严嵩曾经请我赴宴，我是一个人去的，一个随从，一件武器都没带。在我一生谨慎的性格里，这是很罕见的。

张居正　老师……

徐　阶　我故意的。我太累了，我想，要毒死我、砍死我就来吧，干脆点，我不想再累下去了。奇怪，他竟然没杀我，从此我的运气就好起来了。（稍顿）你能理解一个人撑起大厦的苦吗？上面还有一只随时会发火、会伤人的猛虎——圣上。

张居正　恩师！现在天下安定，朝廷清明。这都是您代拟遗诏的德政。要是您就此引退，您开创的局面，不就付之东流了吗？

徐　阶　击败严嵩的时候，我以为是最后一个，可往后看，还有很多很多的人，高拱，郭仆……我64岁了，我斗不动了，也有些倦了。

张居正　您仍然可以辅佐当今圣上。

徐　阶　揣摩先帝一个人，已经耗尽了我全部的精力，我学着写青词、修醮——各种各样与政事能力无关，但跟政治有关的东西。我想，我没有精力再侍候一个皇帝了。

张居正　您的意思是——

徐　阶　为了在政治上立于不败之地，我做了太多不必要的事，我搭上的东西也太多了，比如我的儿子们。

张居正　您的几位公子都奋发有为——

徐　阶　（摇头）我的长子徐璠，因为我巩固势力的需要，过早荫了功名。为了笼络锦衣卫陆炳，我的三儿子娶了他的女儿。在旁人看来，他们何其幸运。其实不然，在应该学习和磨炼的时候，他们却贪爱享受，染上官场的骄奢习气。

这使得他们在知识、人格和魄力上极不健全，为他们的人生埋下隐患。

张居正 您过谦了。您的长子徐璠在松江收购布匹，又运往京师销售，拥有近十家店铺，很有经商的才干。

徐　阶 太岳只知他有经商才干，焉知不是因为老夫，地方官吏给他大开绿灯？

张居正 这……

徐　阶 刚才，在你到来之前，我做了一个梦，梦见我致仕归家。先前是衣锦还乡，后来百姓都骂我，叫我老贼，老匹夫，说我的儿子骄横不法，欺辱乡邻。

张居正 （急切地）梦何足为凭？

徐　阶 老夫身在朝中，对于子女鞭长莫及啊！所以，我想致仕，怕家中出一个严世藩。

【张居正沉默。

徐　阶 高拱和严嵩不一样。他有头脑，不贪财，他只是不喜欢我。所以我想，让高拱来当首辅，他会干得更好。你不必为了我，去得罪高拱。他会是接下来的首辅。

张居正 恩师……

徐　阶 去吧。老夫要想一想，这告老还乡的信，该如何措辞。

张居正 学生告辞了。

徐　阶 （注视他，慢慢挥手）去吧。

居　正 （退至门口，忽自行回头）老师……先生……

【徐阶慢慢起立，充满期待。

张居正 （停顿）那高拱虽有才干，可心地偏狭，气量甚小，先生若就此退隐，我怕他不会容您老于林下。

徐　阶 （略感失望）那也全凭天命！

【居正不动。

徐　阶　你还有话说?

张居正　（施礼）恩师在上，不才想接过老师的事业。请老师举荐我入阁。

徐　阶　阁内凶险。

张居正　居正不怕，不能让您开创的中兴局面再度衰落。当今圣上还是裕王的时候，您安排我做他的师傅，不正是为了今天吗?

徐　阶　（笑了）我没有看错人，我一直在等你说这句话。（感叹）你知道，为什么你当初不辞而别，我并未挽留你吗?

张居正　学生不知。

徐　阶　老夫极知你是国士之才。当初你年轻气盛，老夫舍不得你做杨继盛、吴时来，甚至也舍不得让你做邹应龙。今天，终于轮到你了。

张居正　学生受先生深恩，无以为报!

徐　阶　只要你能为国尽忠、为民谋福，便是不负为师苦心了。只是，你年纪轻轻，宦途凶险，你怕吗?

张居正　学生耐得住。

徐　阶　（摇头）你知道，夏言夏阁老是怎么死的吗?

张居正　是严嵩的迫害。

徐　阶　严嵩岂能杀得了夏言。夏言死于自己之手!

张居正　啊?

徐　阶　先帝在醮天的时候，自己戴着香叶冠，一时高兴，制了几顶香叶冠，分赐大臣。第二天严嵩把轻纱笼着香叶冠，颤巍巍地戴进西苑来，言称是珍惜此冠，故用轻纱笼之。而那夏言，竟没有戴。先帝问起来，他只说大臣朝天子，用不着道士的衣冠。致使先帝大怒，为自己埋下隐患的种子。所以，夏言是自己杀死的自己。

张居正　所以，老师曾经结撰青词，也是怕重蹈夏言覆辙？

徐　阶　此其一也。重要的是，为臣进言，要揣摩主上的心意，要获得主上的信任。“披腹心，见情素”，固然是一个办法，但简单又粗暴，人人喜欢听好话，倘若进言只是把主上激怒，让他倒行逆施，那又何必进言呢？要谨慎出言，言出必中。做事也是一样，勿骄勿躁，要内抱不群，外欲浑迹。

张居生　学生谨遵教诲！

徐　阶　要记住南宋灭亡的教训，少谈性命之学，要经世致用、建立事功。

张居正　学生敢不尽力！

徐　阶　（叹气）还有，若老夫的子孙做了什么不法之事，勿以为师为念。只望惩处之后，给活着的人一口饭吃。

张居正　（跪下了）学生铭刻在心！

【切光。

3

【又是鼓噪声。

百姓一　姓徐的有钱，他们家喝酒都用金杯！

百姓二　让他们把钱吐出来！

百姓四　还我贱卖的田产！

百姓三　张居正，堂堂阁老，父死不奔丧，有辱斯文，灭尽人伦！

张居正　（忽奔）上师救我，救我！

百姓四　火，失火了！快救火啊！

【徐阶梦中惊叫。

徐　阶　居正，居正！

徐　璠　（奔进）父亲，孩儿在此。

徐　阶　为父刚刚梦到了居正。璠儿，速拿笔墨来。

徐　璠　父亲莫非要写信给张居正？您总算想通了。孩儿一个月前，就派人送信去了。

徐　阶　你……你怎可以私事去打扰他！

徐　璠　难道父亲不是此意？

徐　阶　为父不过是问问他的近况。

徐　璠　他？好得很，当今万历帝是他从小一手调教的学生，他要是生了气，圣上都不敢驳回。他又结交太监冯保，皇后娘娘也对他宠信得很。他的三位公子，三年之内连中进士。

徐　阶　啊？

徐　璠　他父亲故去，照理要归乡守制。可圣上命夺情取复，特批他在宫内服丧，不回原籍。

徐　阶　（叹息）那，你且去吧。

【徐阶躺榻上欲休息，可骂声又声声入耳。“什么阁老，我看是贪官！”“徐阶，老不死的！”

徐　阶　（念诗）“昔年天子每称卿，今日烦君骂姓名。呼马呼牛俱是幻，黄花白酒且陶情。”

【他拿起酒壶，欲倒，又烦躁地放下。

4

严　嵩　徐阶，徐少师，滋味如何啊？

徐　阶　（慢慢拿起酒壶）我问心无愧。

严　嵩　你是自恃有靠山，等着张居正的来信吧？只是，他自身都难保啦。

徐　阶　（手中壶落地）什么？

【门外一声：海大人到！

严　嵩　你继续品尝丧家之犬的惶惶吧，不奉陪了！

【严嵩隐去。

5

【一片喊声：不好啦，徐家要抄家了！海大人带兵把徐府围住了！快看热闹去啊！

【海瑞昂然走进。

徐　阶　海大人，再次光临寒舍，不知有何赐教？

海　瑞　特来晓喻少师，快快退田，莫使本府为难。

徐　阶　晓喻！海大人，你好大的口气。我徐家侵吞良田，你给我证据，要多少我退多少。

海　瑞　良田或已被令公子悄悄卖去，本官如何知晓？

徐　阶　既不知晓，又何以得知被悄悄卖去？

海　瑞　你家金杯便是证据。有人首告，你家喝酒都用金杯，可见平日穷奢极侈，可见榨取民脂民膏之多！

徐　阶　请问这首告之人，是道听途说，还是亲眼所见？

海　瑞　亲眼所见。

徐　阶　亲眼所见，呵！老朽自还乡以来，已谢绝外宾。只有至交亲朋，才略一延请。

海　瑞　告发你的，正是你家至交。

徐　阶　此人当面推心置腹，背后却首告举报。如此忘恩负义之人，海大人以为要得还是要不得呢？

海　瑞　存翁不必指桑骂槐，本官替存翁清理门户，正是报存翁知遇之恩。存翁晚节不保，也不必怨天尤人！

徐　阶　海大人虽说出身贫寒，把金杯当成了不起的奢侈品，请大人到松江的乡官家中走走，中等人家也用得起金杯。难道，他们都是盘剥的民脂民膏？

海　瑞　你……

徐　阶　老夫在内阁侍奉多年，这点奢侈品总归有的吧？何况这金杯是先帝的赏赐！

海　瑞　贵府有的不止金杯。（拿出田册中所藏金砖）这块金砖，是在贵府交来的田册里发现的，若非做贼心虚，何必贿赂本府！

徐　阶　璠儿，这是你干的？

徐　璠　爹爹恕罪——

徐　阶　蠢材，蠢材。为父一世清名，要毁在你手中了！

【以下告状人可隐于纱幕后。

百姓一　小人告徐府管家徐成，强占我的田产，却不予分毫，致使小人生活无着，妻离子散！

海　瑞　记下。

百姓二　老妇告徐府恶仆徐远。他强占了我的女儿，又杀人灭口！

百姓三　在下告徐府纵仆欺行霸市，高卖贱买，不许议价。

百姓四　民妇告徐府家仆田间与我争水，殴打小人致残。

百姓五　民女原是徐家织布工人，告徐府克扣工钱，索要时百般侮辱……

徐　阶　（听不下去了）即刻将那徐成、徐远等一干人犯交于海大人，要审案请回府衙，我徐家不是公堂。

海　瑞　存翁为何操之过急？莫非另有隐情？

徐　阶　不敢当。

海　瑞　本官要现场办案，敲山震虎，把那幕后指使，一一审清问明。

【“海青天”、“海青天”的呼声不绝于耳。

徐　璠　父亲，父亲！

徐　阶　自作孽，不可活。（对海瑞）几个劣子，海大人也可带走。

【徐璠被押下。

海　瑞　大义灭亲，存翁迷途识返，可喜可贺啊！

徐　阶　田产一事，是逆子之过，老朽不敢袒护。但若刁民诬告，也请海大人治其返坐之罪！请海大人在审问田产案时，依照大明律的律条，有据断案。

海　瑞　何意？

徐　阶　老朽已命劣子将近五年买卖房产尽情清退。那大明律上写得清清楚楚，凡涉及田产，买卖五年以上不得追溯。不知大人可知否？

海　瑞　存翁的意思是说，五年前，即使是府上强买强卖的，本官也不得追究？

徐　阶　强买强卖，阶不敢为劣子辩言。只是有法不行，有律不依，正是贪官枉法、弃法治求人治的根源。

海　瑞　少师所言不错。只是，（稍顿）本府是个大大的清官。

徐　阶　有法不依，何谓清官？

【“海青天”、“海青天”的呼声不绝于耳。

海　瑞　这就是凭证！

徐　阶　海大人替他夺田产，他就说你是清官；若海大人不能替他夺回，就是贪官了不成？若凡事只为了一声称赞，那三岁童子也能来断案，何必熟读圣贤之书、熟读大明律条呢？

海　瑞　这……

徐　阶　老朽是担心，若诬告无罪，告成有赏。恐百姓无心耕织，竞相出告以取富贵。此风一开，这江南民心大坏，人心不古，就在今天啊！

海　瑞　这……

【外面“海大人”的呼声渐渐低下去。

【一差役骑快马飞驰而至。

差　役　奉天承运，皇帝诏曰：都御史海瑞，自抚应天以来，裁省浮费，矫正靡习，似有为国为民之意。但其求治过急，人情少拂。特调海瑞为南京粮储，即刻赴任，不得有误。

海　瑞　什么？

徐　璠　（高兴坏了）真是现世报！海瑞，没想到吧，不奉陪了，送客！

海　瑞　这……

差　役　请大人登程！

海　瑞　（咬牙切齿）当断不断，反受其乱！

【外面“海大人”、“海青天”。“他们罢了海青天的官！”“官官相护！”“乡亲们，咱们的万民伞用得着了！”

海　瑞　（拱手）有百姓如此，海某此生无憾了！老夫到了南京，仍然大有可为！

徐　璠　（高兴地对徐阶）父亲，看来是写给张太傅的书信起了作用，他把该死的海瑞调走了。

徐　阶　住口！出言怎可如此无状！（问差役）那张太傅一向可好？

差　役　（懒洋洋地）哪个张太傅？

徐　璠　还有哪个？就是侍奉当今圣上的内阁首辅张——

差　役　你说他呀？（不置可否，冷笑一声）告辞！（下）

【徐阶父子面面相觑。

徐　阶　难道……与为父拿笔墨来！

【徐璠答应欲下，却与一奔上的仆人撞个满怀。

徐　璠　（劈脸一个耳光）你眼睛瞎了？还是你娘死了要奔丧？

徐　阶　（气极）孽子、孽子！

徐　璠　实在是这些仆人，见我徐府被围，一个个躲的躲逃的逃，这会儿见我们平安无事了，一个个又跑过来挺尸。（又一耳光）

仆　人　（被打得吐字不清）小的冤枉，小的是奉命上京送信的那个，不曾在家中啊！

徐　璠　哦，打错了。你去叫回徐成，把外面刚才那些个告状的男男女女，一个不剩地抓起来。那些诬告我们夺产的，加倍夺回来！

徐　阶　孽畜！

徐　璠　怎么还不去？

仆　人　小的有要事禀告。启禀老相公、大爷，那、那张太傅大人，已于万历十年的六月二十日故去了！就是上个月故去了！

徐　阶　啊！

徐　璠　怎么，不是他发来的调令？

仆　人　圣上还下令抄了张大人的家，并削尽其官职、俸禄，追夺生前所赐玺书、四代诰命，还差点开棺戮尸。张大人的公子们，饿死的饿死，自杀的自杀，流放的流放，逃亡的逃亡！

【徐阶张嘴欲哭，却说不出话，昏倒。

6

【张居正的声音。

张居正 上师，恩师……

徐 阶 太岳……

张居正 昔日都门一别……

徐 阶 别后无恙乎……

张居正 （扯下帽子，也是一头白发）居正如今，头发也和老师一样白了。

【师徒执手，呵呵笑起来。初是相逢之喜悦，后渐苦涩，渐后却似哭了。

二人不约而同 府上——

【又不约而同停住。

张居正 记得仆别太师之时，泪不能禁。太师说：大丈夫既以身许国家，许知己……

徐 阶 （接）“惟鞠躬尽瘁、粉身碎骨而已，他复何言。”

张居正 学生做到了。

徐 阶 朝廷上的人攻击你，说你贪婪无度——

张居正 他们的话可信吗？送贿的人，他们贿赂不了我，就转而恶毒地贿赂我的父亲。儿子如何能约束父亲？

徐 阶 说你结交内侍，揽权擅政——

张居正 也只为了获取主上信任，避免后宫干政。

徐 阶 令尊去世——

张居正　虽是圣上夺情起复，不许我回去，也是我自己的主意。若我回乡守制，半生心血付之东流，对不起几朝几代贤臣的付出。若我留在宫中，势必被称贪恋权位；若我在宫中守制，治理朝政，又被讥为作秀。总之，这贪恋权位的名声，我是抛不掉的了。既然抛不掉，那索性不去管他。

徐　阶　那你做的都对了？

张居正　（停顿）要说我唯一的缺憾，那是疏忽了当今圣上，这个我看着长大的孩子。我的精力都用来应付政事、内监和太后了。我的所做都是为了圣上和他的江山，我以为他能明白……

徐　阶　那令郎敬修等接二连三中举——

张居正　我固然选用了儿子，可我也选用了张佳胤、陆树声、戚继光、王国光、王之诰……那张佳胤是高拱的私人；王之诰虽是我的儿女亲家，并不附和于我；戚继光的军事才能有目共睹。举贤不避亲，为什么只盯着他们是不是我的儿子，而不去考察他们的才学？

徐　阶　居正，你长于谋国、拙于谋身啊！

张居正　时不我待，圣上年方弱冠，而我已近耳顺之年。我辅佐陛下的一生，是在跟时间，跟惰性，跟风言风语赛跑。无论我如何抓紧时间，我还是来不及了。若上天再假我十年寿数……不说了，已经说不清了。说不清就说不清，我所做过的事业功绩，已经足够替我说明了。（越说越激动）太仓粟如今可支十年，那太仆寺积金四百余万，北面的俺答已经屈服，土蛮不断溃败……

【“父亲救我！”徐璠的叫声。

【一红衣官现身于幕后，他不是海瑞。

“众民听着，凡能指证徐府不法事者，重赏！”

百姓的声音：发财的机会又来喽！

【严嵩上。随着他的叙述，纱幕可投出竞相告状的、奔跑的众人。

严　嵩　重赏之下，必有勇夫。这是来自高拱的报复。他展开了一场跟你们徐家悬赏的竞赛。握有你家隐私的人，不分昼夜在官府和徐府之间奔跑着，哪儿的悬赏高，他们就往哪儿跑。这是场参加人数众多的马拉松，普通老百姓，连平日自称甘于寂寞的读书人都来了。徐阶，我比你强，起码没有门生、同乡指证我，可指证你的，全是你的门生和同乡。你怎么混到这份儿上了？

【幕后：

奉天承运，皇帝诏曰：原太子少师徐相公阶，致仕后纵子不法，欺辱乡邻，今特将徐府田产充公，将其三子徐璠、徐琨、徐瑛削职为民，徐璠、徐琨充军，留一子与徐阶养老。钦此！

严　嵩　报应来了，抄家，跟我一样！

【儿子们被拷打的惨叫声。其惨状可于纱幕中呈现。

徐　阶　璠儿……

严　嵩　徐阶，我纵然该死，你为何指我儿世蕃勾结倭寇“谋逆”？让我的独子死在我前面，你好狠啊！

徐　阶　你的儿子贪权受贿，残害忠良，早就命该极刑。

严　嵩　说他谋反，你有证据吗？

徐　阶　那你陷害首辅夏言谋反，有证据吗？诬蔑杨继盛结交皇子怀有二心，你有证据吗？十二位言官因弹劾你获罪，三十八名科道官被罢黜……这几十条人命加起来，你死上几十次也不为过！

严　嵩　诬陷我谋反，我死也不服！我父子对陛下忠心耿耿，所作所为皆为龙颜大悦。皇帝对我父子言听计从、恩重如山，我为何要反？

【幕内：

张敬修激烈的声音：邱侍郎、任抚按、活阎王！你也有父母妻子之念，……何忍陷人如此酷烈！有便，告知张四维张相公，今张家事已完结矣，愿他辅佐圣明天子于亿万年也！

张居正　（听）吾子敬修？（面色一变，长笑）哈哈……大丈夫忘家殉国，惶恤其他？虽机阱满前，万箭穿身，也万死不辞。

严　嵩　（得意地）“平生唯解报国赤，生后凭人说是非”。

【徐璠：父亲救我，父亲救我！

徐　阶　璠儿……

严　嵩　你会比我更惨！我被抄家后，不过受了两年的苦，很快就死了。再苦再恨，不过是两年。而你呢？瞧你这身板，慢慢地熬吧……

【徐阶老泪纵横。

严　嵩　徐阶，我刚刚发现，除了结撰青词外，我们还有共同点。我们儿子的名字也很接近，一个是“璠 fán”，一个是“蕃 fān”，（接连读几遍，绕口令似的）很押韵嘛。你的徐璠接下来是不是也会死？

徐　阶　璠儿……

张居正　老师当初何等决断，如今为何优柔寡断？

严　嵩　（冷笑）事不关心，关心则乱。

张居正　若子非我子，财非我家，还乱否？

【徐阶猛抬头，诸声消失。

【切光。

7

【烟雾缭绕，似明似暗。

徐 阶 我在少年时代读书时，曾住在一个寺院里。房间南面的窗，永远是关着的。有一天我打开了，看到的是一片坟场，一个个的坟头，寺院里的和尚都埋在那儿。我意识到人的生命短促，我开始思考人的生命的价值，决定要度过有价值建功立业的一生。

严 嵩 我出生在分宜介溪一个寒士之家，父亲是个穷秀才。我打小就很聪明，被称为神童。父亲对我期望很高，希望我能光宗耀祖。我差点儿就做到了。可后来因为抄我的家，把全县老百姓的家都给抄了，有二十年没缓过劲来。他们最后还是恨我、讨厌我。

张居正 1525 年，我还没有出生。我的曾祖父梦见月亮落在水瓮里，照得四周一片光明，一只白龟从水中悠悠浮起。他认定这是个吉兆，于是取其谐音，给我取了个乳名“白圭”，清白的白，玉圭的圭。圭是古代贵族朝聘、祭祀、丧葬时的礼器，他希望我以此为鉴，从政后为官清正。十二岁，我到荆州应试。考官前一天晚上梦见一位少年，玉帝让他把一枚玉石交给我。第二天的考场上，他认出了我，并把我的名字从“白圭”改为“居正”。希望我居正道，自重自威。可我死后却留下不正的名声。

徐　阶　我们出生前、出生后，都被祖辈寄寓美好期盼，希望我们耀祖光宗。然而，我们却蒙羞祖宗，祸及子孙。我们的子孙，死的死，伤的伤。

严　嵩　他们死于自己的有恃无恐、骄横与贪婪。

徐　阶　他们死于讨好他们、奉迎他们的官员。执法者的一路绿灯，让欲望列车一路畅通地驶向断头台，没有晚点，没有误差。

张居正　他们死于嗖嗖的冷箭和暗斗。当我们失去君主信任，冷箭变成明箭，暗斗变成明斗，那是绞刑的绳索、断头的铡刀。

海　瑞　当官，就应该六亲不认，不该有七情六欲。那样，就没有私心！

徐　阶　你没有私心吗？

【一声大喊“皇上驾到！”众臣石化。

严　嵩　你我的仕途生涯、荣辱兴衰，都决定在这个人手里，他就是——（跪下）吾皇万岁万万岁！

【海瑞跟跪，喊“吾皇万岁万万岁”。

【张居正和徐阶在黑暗中，有一个黑影跪下了，另一个走掉了。

【当然，我们不可能知道这是谁。

【切光。

尾　声

海　瑞　我死后，万历十七年，皇帝派人专门为我选择墓地。我的墓地占地 5000 平方米，墓冢前有高达四米的石碑，上书“明皇敕葬资善大夫南京都察院右佥都御史赠太子少保谥忠介海公之墓”，长达 30 字。祭台、墓道、石像生、石牌坊等一应俱全，草木四季常青。要提一笔的是，无论在下葬当时，还是在现代，祭祀、拜访的人都络绎不绝。我享祀千载。

严　嵩　我死后，我的墓地不及半亩，没有墓冢，仅一土堆，墓前无碑，其后仅有一石刻，上书“明故严嵩之墓”数字。我也要提一笔，在我死时，无人祭奠；在我死后的几十年里，慢慢开始有人去看我。再过五百年，有人开始为我翻案，开始说我是个好人。无论如何，有人议论，总是好事。

徐　阶　我死后，背负着恶名。我的墓远离故土，远离徐氏祖宗的坟茔，孤独地葬在了浙江。为什么选择那里？是无颜去见族人，还是不愿看见不争气的子孙？或者怕汹汹的乡邻仍来惊扰我的灵魂？我也说不上来。五百年后，这座坟被盗挖，只有青青竹林守护着残碑，碑上字迹已磨灭不见。盗贼们取走了墓中为数不多的宝藏，却没有人碰那堆白骨。

【古琴声。

滚滚长江东逝水，
红尘消磨英雄。
是非成败谁与论，
生当作人杰，
死亦为鬼雄。

【歌声中，演员谢幕。

（剧终）

嵇康之死

时间：魏晋

人物

阮　籍　中年

山　涛　中年

钟　会　中年

司马昭　中年

何　曾　老年

阮　妻　阮籍之妻，约 40 岁，看上去稍稍苍老些

山　妻　山涛之妻，约 40 岁

阿　珠　阮籍之女，约 16 岁

序　幕

【光起，山涛和阮籍。山涛穿红色官服，阮籍穿青灰色短衣着裤。两人均不戴帽子，山涛以簪束发，阮籍仅以布巾裹发。

山　涛　太阳从东面升起，又从西方落下。

阮　籍　当星光吞噬白日，黑暗接踵而至。

山　涛　梦是我们的马匹，我们用它，去窥探黑暗的边缘。

阮　籍　梦是我们的想象，我们用它，去模拟光亮的模样。

山　涛　你梦见他了？

阮　籍　（愣）他，谁？（转而）不，我没有梦见他！

【片刻。

阮　籍　（试探）你有没有梦见他？跟我说说，梦里头有没有我。

山　涛　你先说，你梦见他在做什么，梦里头有没有我。

阮　籍　不、不，我没有梦见他。

山　涛　（笑）呵……那好，我也没有梦见他。

【沉默。

阮　籍　对，我们都没有梦见他。

山　涛　他有什么特殊的！我为什么要梦见他？那些年死的人多了，前有曹爽，后有何晏、丁谧、诸葛玄……他们在当时，威望比他大，官职也比他高！

阮　籍　太多了，我们根本记不得，到底死了谁。

山　涛　我早就不记得他了。我们有过一个名叫嵇康的朋友吗？

【纱幕内。现代人装束的男人和女人并肩而立。

义愤的男声　魏景元三年，中散大夫嵇康，“竹林七贤”的行为领袖，魏晋士人的精神脊梁，司马氏集团最痛恨的人，被处决于洛阳东市的刑场上。

高亢的女声　在他之前，曹爽、何晏等人也曾被处死。这些人虽曾势倾四海、声震天下，但同日就戮，百姓安之、无人致哀，因为曹爽作威作福、任人唯亲，因为何晏道貌岸然却心如蛇蝎，对落难的朋友翻脸无情，磨刀霍霍。他们的所作所为令人不齿。

义愤的男声　嵇康同他们不一样。他死时洛阳城降下倾盆大雨，成千上万的太学生在泥泞里长跪不起。他们向当时的统治者司马氏集团请愿，请求以身相代——

【幕内，太学生们的集体剪影或声音：

若嵇康死，则天下读书种子完矣！

我等愿以身相代！

彼苍者天，歼我良人。如可赎兮，人百其身！

留下嵇康吧！

【嵇康弹着琴，悠然地似无所闻。然而这仅是一个模糊的身影，影影绰绰，看不清面容和表情。

义愤的男声　这群二十出头的年轻人，表现出无私诚挚的情谊和令人感慨奋发的精神。但是，与嵇康相熟的朋友，同为“竹林中人”、在知识分子当中享有盛誉的朋友们，如山涛、阮籍，却一个个明哲保身、销声匿迹，做起了缩头乌龟。

【随着他的话锋一转，相继出现山涛、阮籍等徘徊畏缩的身影，他们木偶般被加官晋爵的身影。

高亢的女声　在嵇康死后一年不到，山涛升任大鸿胪，号称口不臧否人物的阮籍，在嵇康血迹未干之时，写了请求司马昭取代魏帝早日登极的《劝进表》。

义愤的男声　可耻啊可耻，朋友的鲜血没有激起他们的愧疚。

高亢的女声　懦弱啊懦弱，朋友的鲜血没有挺起他们的脊梁。

女声和男声同　他们升官的升官，劝进的劝进……

【阮籍和山涛听不下去了。

山　涛　一派胡言，他就刑那天，何曾有倾盆大雨！

阮　籍　是年大旱，天干地渴，太学生们痛哭号陶、声嘶力竭，也仅仅是润湿了脚下的地皮！

山　涛　当日与嵇康同时为友者，著名的“竹林七贤”有七个人。再说，我们并非没有努力过，我们为了救他殚思竭虑！

阮　籍　甚至，铤而走险，不顾一切……

山　涛　我拿自己的前程作赌！

阮　籍　我差点牺牲了我的女儿！（稍顿）得知嵇康系狱的那天，我记得很清楚……

【切光。

第一幕

1

【光起。笙箫齐鸣，一片众臣恭祝司马昭的声音。

【阮籍一手执壶，一手执杯，一只脚赤足踉踉跄跄走上。

【幕内：

钟会的声音：恭祝大将军平定淮南之叛，大将军威武！

阮　籍　此人乃是钟会。形容俊秀又文采风流。可惜这般漂亮的人物，却是司马昭最嗜血的猎犬。他的嗅觉极其敏锐，叛乱的气息总是他第一个嗅出来。此次叛乱的风声，也是他先得知的。

【幕内：

何曾的声音：大将军德配天地，功盖日月。大将军真乃是我魏国之周公啊！

阮　籍　这是何曾，著名的道学家。德高望重的慈祥老者，口不离仁义道德的谦谦君子。在审讯拷打叛乱分子中，他独树一帜地发明了许多令罪人们大开眼界的刑罚，异想天开地发现了许多犯人们闻所未闻的同党——人们宁可认叛乱之罪，也不敢到他的大堂上去过刑。

【幕内：

司马昭的声音：哈哈，二卿过奖了。平定叛乱，乃先父、先兄之德，众位卿家之力尔，孤岂敢居功！

阮　籍　（轻蔑地）这是司马昭，司马懿的儿子，司马师的兄弟。他继承了司马家特有的狼顾之相——一种据说狼才有的、在肩膀不动的情况下脑袋能转动180度的异象。就在昨天，他亲自下令，处死了叛乱者及他们的同党全家老小一千余口。在不绝于耳的哀求声、哭嚎声、咒骂声中，他那突然来了个180度的大转弯的脑袋叫人们害了怕，不再哀求而乖乖引颈就戮……可是，我不怕他！（给自己倒酒）

【幕内：

司马昭的声音：山卿，孤此次出征，你受命守城，不负重托，辛苦了！

山涛的声音：将军言之过矣！涛蒙将军重托，岂敢居功、岂敢言苦！只是……

司马昭的声音：只是什么？

山涛的声音：只是……属下以为，不战乃屈人之兵，兵之上者也。

司马昭的声音：如何能不战？

山涛的声音：多行仁政，薄赋敛，少劳役，百姓自然来归……

钟会的声音：大将军在上，属下以为，今日是庆功之宴，政事经济，留待朝堂之上再议吧！

司马昭：哈哈……

阮　籍　（苦涩地）这是山涛。我曾经的朋友……

【随着他的话语，山涛疾步上。

山　涛　（见阮籍喜，趋前）阮公！不意阮公竟然在此。

阮　籍　（避开）山大人且慢，莫让山野之人弄脏了您的袍带。

山　涛　（不在意地）阮公如今不也同在朝中为官么！

阮　籍　（亦笑）是，我和你都放下麈尾拿起笏板了。只是，我没有志向去做股肱之臣，做不到侃侃而谈如何征收赋税，如何增加老百姓的人口、让骡马更好地繁殖……

山　涛　阮公……阮公怎知山某苦衷……

阮　籍　“燕雀安知鸿鹄之志？”或者是“识时务者为俊杰”？山公想说哪句？

山　涛　阮公误会山某了。记得当年，你我二人都喜爱庄子的一句话：“鷦鷯巢于深林，不过一枝；鼹鼠饮河，不过满腹。”

阮　籍　山大人自可去做鸿鹄，阮某去做燕雀了。阮某初心不改。

山　涛　山某也未曾改过当初的志向。

阮　籍　是的，足下志在三公，你的履历里写着呢！为了三公去辅佐尧舜之君没有什么，但若是依附乱臣贼子去助纣为虐，阮某深为君不齿。

山　涛　阮公对山某误会如此之深，阮公也误会大将军——

【钟会上。

钟　会　二位却在此处。

山　涛　（施礼）钟大人。

【阮籍昂首不理。

【司马昭上，饶有兴致地看着钟会和阮籍。

钟　会　（受到鼓励）今日大将军大宴群臣，大家皆端袍束带举止庄重，唯有你，袒胸露腹衣不蔽体，真正是不成体统！你的衣履哪里去了，你的冠带呢？莫不是，又都换了酒？哈哈哈……

阮　籍　（看了眼山涛，饮酒，慢条斯理地）汝问我衣履冠带吗？我方以天地为栋宇，以居室为衣裤，汝是哪里来的一只虱子，为什么要钻到我的裤子里来呢？

钟　会　你……（看看司马昭）以天地为栋宇，以居室为衣裤，你好大的口气！只可惜，这是大将军的府上所在，要说裤子也是大将军的裤子！再说，你为何也一同钻到裤子里来呢？

【司马昭略颔首。

阮　籍　（长叹）是啊，你我不过同是大人裤子里的一只虱子罢了！（随着以下说话，他依次看向钟会、何曾等）黑头发的虱子，白胡子的虱子，穿靴子的虱子，爱辩论的虱子。你是裤裆里的虱子，而我是鞋子里的虱子。既然同为虱子，何必因为出自裤裆而不可一世、骄态横生呢？倘若季节交替，寒暑变易，大人喜新厌旧、脱故服新，将他爬满虱子的旧衣付之一炬，你我还不同归火燎？钻得越深就越无处可逃，就死得越快啊！

司马昭 （从后台走向前台）哈哈，哈哈！

【阮籍给自己倒酒。

何　曾 大将军，下官有话要说！

司马昭 讲来。

何　曾 下官听说，阮籍新逢母丧，有热孝在身。却公然饮酒吃肉、口发狂言，实乃有悖人伦，应治他不孝之罪！

钟　会 对，他的母亲刚死了，理应守孝百日，不得饮酒。

司马昭 山卿，你说呢？

山　涛 （略一思忖）涛近日公务缠身，与阮籍来往不多，对其家中之事不甚了了，是以不敢妄言。

司马昭 但说无妨。

山　涛 孔圣有云："子生三年，然后免于父母之怀。夫三年之丧，天下之通丧也。"若籍之母病亡，籍热孝在身而不避荤酒，确属大逆不道，理应严惩。

【阮籍一惊。

何　曾 大逆不道！

钟　会 严惩不贷！

司马昭 （不置可否地）哦？

山　涛 （看阮籍一眼）可是，涛也曾闻，阮籍之母出殡之时，他却放声痛哭，泣血数升。

司马昭 （意外）哦？

山　涛 哀哀父母，生我劬劳！孝子泣血稽颡，固人之常情；可临诀泣血数升，除阮籍之外，涛不曾听闻过。将军方以孝治天下，依涛愚见，正应旌表步兵这样天性至纯的真孝子啊！

司马昭　哦。

钟　会　在下听说，山公与嵇康、阮籍亲如一家，出入不必通报，甚至妻子都不回避，同坐谈笑……

何　曾　（摇头）伤风败俗、伤风败俗！

山　涛　大将军！这是下官尚未出仕时的情景，而今下官朝夕侍奉于公府，早就没有这番闲情了。

何　曾　藕断丝连必瓜田李下！不然，足下怎知那阮籍贪杯？

山　涛　阮嗣宗贪杯，这是国人皆知的事。

钟　会　大将军！我听说，那阮籍酒后驾车率意而行，每至车辙尽头无处可走时，就下车恸哭。说什么“时无英雄，遂使竖子成名”。请问，大将军难道不是大大的英雄？这竖子又是指哪个？说什么口不论人过！

山　涛　这……大将军……

阮　籍　（突笑）哈哈……

【众人闻之变色。

钟　会　他还笑！

阮　籍　（对观众）我听嵇康讲过，何曾一年之内跟妻子见不到三面，每次见面均在大庭广众之中，绝无私室亲昵之举。他的不近女色，可谓有目共睹。然而，就是这样一个人，吃饭却要上几百道菜，花费一万两金子，还说没有下箸可吃之菜。（笑）何中郎，今日在将军府上，可有适口的饭菜吗？我看您数次举箸，数次又停下啊！孔子说过：“食色，性也。”吃饭和好色是人的天性，（笑）大约一个人在某方面不行，便会把兴趣全转移到另一方面。

何　曾　（怒）大将军，阮籍沽名钓誉，眩世骇俗，臣请大将军将其逐出中原，不要让他污染华夏！

山　涛　大将军……

【正在此时，一名军士进来，对钟会耳语。

【钟会对司马昭耳语，司马昭颔首。

何　曾　（又欲上前）大将军……

司马昭　（对何曾）何卿，阮公如此瘦弱多病，卿不能看在我面上容忍他吗？

何　曾　老臣遵命。

司马昭　钟卿。

钟　会　臣在。

司马昭　卿将适才禀报之事，再对众卿言讲一番。

钟　会　这……（看山涛和阮籍）

司马昭　不妨事。这些都是孤信得过的臣子，但言无妨。

钟　会　臣下奉大将军之命，已派兵将举止悖慢的嵇康收押在狱。据臣的手下所报，他们赶到嵇家时，嵇康正在树下锻铁哩！

【听到嵇康的名字，阮籍和山涛不由自主对望一眼。

何　曾　恭喜大将军，贺喜大将军！

司马昭　那嵇康毕竟是名士，虽然收押，亦不可怠慢。

钟　会　（会意地）在下会好生照看的。

司马昭　（点点头）对，是要优待他。些许小事，不要扰了我们的兴致。阮卿，山卿，来，我们继续到室中饮宴去吧！

【司马昭下，何曾、钟会随下。

【阮籍和山涛面面相觑。

【山涛欲下，被阮籍叫住。

阮　籍　山公留步！他们为什么抓嵇康？

山　涛　山某不知。

阮　籍　你是大将军宠信的人！

山　涛　山某也是刚刚得知此事，并不比足下早一丝一毫。（又欲下）

阮　籍　（拦住）他们抓了中散！

山　涛　山某相信，嵇中散并无违逆大将军之处，这只是一场误会。（再次举步欲下）

阮　籍　山公，司马昭此举，意在大兴牢狱。刚刚过去的“党锢之祸”，难道您忘了？

山　涛　“党锢之祸”？

阮　籍　那是在刚刚过去不久的汉末，距离现在顶多也就五六十年的功夫。一批宦官和外戚作乱，一群读书人起来反对。读书人自命为“清流”，称贪赃枉法的宦官和外戚为“浊流”，他们之间势不两立。无权无势的读书人，怎能同天天见得到皇帝的外戚抗衡？于是，他们发动舆论激励百姓都参与到谴责外戚中来。坏就坏在发动了舆论，皇帝为之震恐。外戚趁机指责士人们结党营私，图谋叛逆。

山　涛　（不寒而栗）叛逆……

阮　籍　皇帝自然紧张，他下令捕杀天下读书人。对他们加以严刑拷打，让他们供出更多的同谋。有些人屈打成招，有些人胡乱攀扯。参加的没参加的，都以“党人”的借口一网打尽了。宦官派人把读书人捆绑起来，成堆成堆投入黄河的滔滔洪水之中。还说什么：“以此清流，投彼浊流。”

山　涛　哎……

阮　籍　（靠近山涛一步）钟会审案是个好手。他们最擅长撬开人的嘴巴。他们如果拷打嵇康，他会不会说出……

【幕内祝酒声声：

大将军圣明！

大将军威武！

大将军乃是我魏国的福气祥瑞，众望所归啊！

山　涛　山某胸怀坦荡，大将军会明察的。失陪了。（快步下）

【阮籍看着山涛远去的背影，恨恨地喝了口酒。

【切光。

2

【光起，山涛。

山　涛　在我朝，只有一条罪是死罪，那就是叛逆。我不认为嵇康有叛逆的想法。阮籍除了喝酒佯狂做不出什么来，嵇康也一样，除了打铁、发牢骚，也做不出什么来。我要去探监，正大光明而不是偷偷摸摸。

【山涛圆场。

【阮籍出现在光圈中。

阮　籍　山公？你竟然在这儿？

山　涛　阮公？（惊讶，爽朗地笑起来）哈哈……山某来探望朋友，难道不应该吗？阮公又为何而来呢？

阮　籍　我是来瞧瞧，也许不久的将来，这里就是我待的地方。

山　涛　我刚进去，扑面而来一股要把人毒死的臭气，被拷打的人的惨叫。一道快如闪电的黑影，那是蝙蝠、老鼠，还是四处游走的蛇？

阮　籍　这边上是浸透人血闪闪发亮的铁枷，那边是正在腐烂的人脸。

山　涛　犯人的排泄物同吃饭的家什混在一起，老鼠在烂了的肚肠里面钻来钻去。

阮　籍　这就是钟会说的优待？

山　涛　这个钟会，搞什么名堂！

阮　籍　我看到一团正在动弹的血肉……那大概是个人？那是嵇康？（叫）中散，中散！可我后来发现，嵇康正戴着刑具，坐在监狱的一角。（扑过去）你犯了什么错？他们有没有拷打你？

山　涛　等到山某明日奏明大将军，先给你换个处所。

【两人恢复常态动作。

阮　籍　我们焦急地询问他，摇晃他。

山　涛　他却一如往常地平静地微笑着。

阮　籍　是啊，他没什么好说的。他们抓他，自然是不需要理由的；他对他们，自然也是无话可说的。

山　涛　他人虽然消瘦，精神风貌却还好。仿佛他不是在阴森恐怖的监狱里，而是在风生云起的山野里，枝叶披拂的竹林里，俯仰自由的书房里。他抓住我们，兴奋地说——

阮　籍　“我刚刚得到一个有趣的故事，你们要不要听？”

山　涛　在监狱里，他竟然有心说故事！

阮　籍　（模拟嵇康的声音）“我刚刚在读《山海经》！这世界上，不止我们一个世界，还有层层叠叠像山峦一般互相遮掩的世界。有的世界是铁与青铜的味道，有的世界芳香四溢而色彩绚烂。”

山　涛　（模拟嵇康的声音）“有的世界西王母的三足乌成群地飞起，有的世界野蛮的山峦尚未雕刻成型，大海如新生的绸缎般悠远绵长。我们所处的世界，只是通向另一个世界的起点、一道大门，每一个世界的终结都会开启另一个世界——”我简直听不懂，他在说什么？

阮　籍　“世界那么大，我想去看看。”他说。

山　涛　他还说：“在这样的世界里，有许许多多的奇人。”

阮　籍　“有一种人，他们以脑袋坐凳，又以双手走路；还有一种海人，他们叫的声音像小孩子哭，眼里流出的泪都能成为珍珠。还有一种巨人，他们日复一日昏睡，总也不醒。他们梦中的眼皮略略动上一动，我们脚下的地面便要海沸山摇了。”

山　涛　他又说：“这样的奇人有很多种，传说中的神仙也是奇人之一种。只是，成为神仙是奇人最害怕的事。因为，想从一种奇人变化成另一种奇人，你必须得死。而神仙是不死的，所以一个神仙每天急急忙忙做的事情是——”

阮　籍　“——找死。可是，一个神仙活得越久，便越难死。”

山　涛　中散啊中散，再让你在这地方待上几天，你就不会谈论《山海经》了。（激动地）必须马上救你出去！这不是你待的地方，你不应该待在这里！你……（稍顿）说完了这两句话，我突然无话可说了。是的，“必须”；是的，“应该”。这只是一些假设的词汇。想象中的事物。如何能变成现实呢？

阮　籍　中散被抓是因为吕安。吕安在我们眼中，是一个异类。他是个公子哥儿，家里有钱得很，他的妻子生得十分美貌，他的异母哥哥吕巽还是司马昭的相国掾。他过得逍遥自在，不需要像我这样，为了养家糊口，被迫到朝廷上担惊受怕、装疯卖傻。

山　涛　我无法想象，嵇康是怎么和吕安结交上的，或者是因为吕安经常向嵇康购买铁器？嵇康辞官不做以来，锻造铁器是他唯一的生计。

阮　籍　春风得意的吕安，终于因为自己异常美貌的妻子招来了祸灾。他的妻子被哥哥吕巽灌醉侮辱……

山　涛　这简直是禽兽之举，猪狗之徒！

阮　籍　吕安的妻子将事情经过告诉丈夫后，就自尽而死了。这个无忧无虑的公子哥吕安头一次感到命运的残酷，他不知道可以找谁，便将此事告诉了嵇康，嵇康写了封信，义正辞严地骂了吕巽一通……

山　涛　嵇康的文风，我是领教过的，那是会让人恼羞成怒的啊！

阮　籍　吕巽果然恼羞成怒，决定一不做二不休斩草除根。没过多久，吕巽便到官府告状，说吕安殴打母亲不孝，还诬蔑哥哥侮辱自己的妻子。（摇头）指证吕安的人一大把，却无人替吕安作证，除了嵇康。

山　涛　什么？案件的主告者是吕巽？这可糟透了，吕巽是司马昭的宠臣……中散，你不应该写那封信，更不应该挺身作证！

阮　籍　中散，我知道你为朋友一腔赤诚，可为什么不三思而行呢？

山　涛　那钟会正愁没有机会可以抓你，但你却授人以柄！

阮　籍　从来没有把证人关押起来的道理，他们到底要干什么？

山　涛　中散，只怕你进得来，却难出去啊！

【二人对视，着急搓手。

山　涛　天之丧予，天之丧予！

阮　籍　若之奈何，若之奈何！

【阮籍盯着山涛，打量他的官服。

阮　籍　山公！司马昭很是器重足下，也许足下可以——

山　涛　嗣宗……唉，说来惭愧。在外人看来，大将军对我言听计从，另眼相看。殊不知，大将军真正亲近的人是钟会、何曾……不是山某啊。若是政事经济，山某或许能辩白一二；可这是私事……大将军只要板起脸来说"此事卿不必过问"，山某便无言以对。在山某看来，……大将军很欣赏阮公的才气和不羁，也许你可以在大将军面前……

阮　籍　我？

山　涛　假借酒醉替嵇康求情，你一向纵酒任性，即使说了不合适的话，大将军也会一笑了之……

阮　籍　不、不……在大将军眼中，阮某只是优伶之辈！

山　涛　若山某出面，此事反倒弄巧成拙！若阮公一马当先，山某从旁相助，此事或有转机。

阮　籍　不、不……还是山公出面首倡，阮某紧跟于后，绝不犹豫不前！

山　涛　阮公，中散生死，全系于足下了！

阮　籍　山公，中散是足下至交，不能见死不救啊！

山　涛　阮公，依山某看来，此事还需中散定夺。

阮　籍　对、对，我们问问中散，听听他的意见！

【二人恢复正常叙事。

阮　籍　我们在他面前热烈讨论着。

山　涛　我们十分关心和同情他。

阮　籍　嵇康却很平静，一种没有期待的平静。

山　涛　一种类似绝望的平静。

阮　籍　除了那段想入非非的"海人"、"鹿人"外，他什么也没有说。

山　涛　他没有向我们求助。如同他罢官之后，没有了俸禄，甘从打铁的贱役养活自己，而从不向我们求告。

阮　籍　似乎他知道，他乞求别人哀告别人，只是白白给其他人增加烦恼。

山　涛　我们愤慨，我们惋惜，我们绝望。

阮　籍　嵇康还是一如既往地平静。

山　涛　他等着和吕安一块儿死。

阮　籍　仿佛他知道，没有人可以救他们，事情没有转机。

阮　籍　你……

山　涛　你……

【两人望向彼此，收光。看上去，这两个人像老鼠一样，在洞中隐去了。

第二幕

1

【光起。

阮　籍　我在羞愧和悲痛中走回我位于巷子南面的家。我的妻子已经倚门而望很久了。我不喜欢回家，我更愿意驾着牛车在荒无人烟的路上漫无目的地疯跑，或者去那个有美丽女主人的小酒馆里醉上个几天。因为，我怕看到住在北面的姓阮的人家，那是比我有钱的同族。我的妻子是个能够安贫乐道的女人，但是，每当住在北面的人家，把他们家贵重的貂裘狐皮绫罗绸缎高高挂在晾竿上的时候，我的妻子总是忍不住要气愤，要抱怨……而我的内侄阮咸，则把他的大裤头晒出来示威……后人将此传为一桩美谈，但我想说的是，我当时觉得这很丢脸，就如同他跟猪在一个水槽中喝水一样让我恼火……我是为了养家糊口，才去伺候司马昭的。可为什么我赔上了尊严，我还是不能像北阮那样活得潇洒快活？我还要时时刻刻提心吊胆担心脑袋搬家？

【从北面飘来酒宴的歌舞声。

我多么希望我是个有权势的人，希望我自己是司马昭，我父亲是司马懿，而不是叫人一吓就两腿酥软的阮瑀……我多想让我的妻子晾晒最贵重的裘皮，我多想搭救我的朋友……

【随着他的说话，阮妻喜气洋洋上。

阮　妻　夫君，夫君，喜事，大喜事！

阮　籍　什么喜事？

阮　妻　今日那钟会前来，替大将军之子提亲啦！

阮　籍　当真？

阮　妻　大将军有意让阿珠许配给其子司马炎。日后司马炎袭封大将军，阿珠就是将军夫人，你我要有享不尽的荣华富贵了！

阮　籍　他们刚抓了嵇康，此刻又求亲于我……

阮　妻　钟会说，要早定吉期，早早迎娶呢。

阮　籍　司马父子心如豺狼、凶残狠毒，让女儿嫁入这样的人家，是羊入虎口啊！

阮　妻　那就不嫁？不要这富贵？

阮　籍　可若是回绝于他，只怕我一家性命危矣！

阮　妻　这嫁也不成，不嫁也不成。我看，你就是个疑心疯！

阮　籍　（片刻，狠心）你去取把剑来。

阮　妻　做什么？

阮　籍　你且取来！

【阮妻从墙上摘下剑，阮籍欲自刎。

阮　籍　如果阿珠不是我的女儿，司马昭就不会打她的主意了。让我自裁了吧！

阮　妻　夫君，不可呀！

【二人争抢。

【阿珠上。

阿　珠　爹爹、母亲不必烦恼。若是女儿嫁给司马炎，能免却父亲牢狱之灾，那孩儿自当欢欢喜喜前去。

阮　籍　那司马氏诡计多端。高平陵之变，司马懿父子三人起兵诛杀曹爽之际，为防走漏消息，先杀了司马师的妻子夏侯徽——

阿　珠　为何？

阮　籍　只因她是征南大将军夏侯尚的女儿。而夏侯尚是支持曹魏的。

阿　珠　啊？

阮　籍　如今，司马昭篡位，是迟早的事。他起兵篡位之时，你便是第二个夏侯徽啊！

阮　妻　这可怎么办呀？

阿　珠　（拿到宝剑，决绝地）既然孩儿嫁又嫁不得，躲又躲不过，横竖是一条死路，待女儿自裁了吧！（举剑自刺）

阮　妻　（大惊）阿珠！

【阮妻前去夺剑，阿珠幸而伤势不重，仅仅划破了前额。

阮妻与阿珠包扎。

阮　籍　（吃惊地）你竟然不怕死？

阿　珠　那《列女传》中缇萦救父，赵娥复仇，都是万世流芳的节烈女子。倘若女儿一死，能免去父母灾难，女儿死又何惧？

阮　妻　你胡说什么？嫁给大将军家，是别人想都想不到的福气。别听你爹吓唬你，他总是疑神疑鬼，举棋不定。

阮　籍　那倘若不是为了父母呢？

阿　珠　阿珠的性命是父母给的，父母让阿珠去死，阿珠死又何惜。

阮　籍　好！好！

阿　珠　爹爹，您说什么？

阮　籍　阿珠，事若成功，你将同缇萦、赵娥一样青史留名，天下人都将称颂你的行为！

阿　珠　爹爹，你说什么？

阮　籍　嵇康有救了。

阮　妻　什么嵇康？他怎么了？你如何救他？

【阮籍欲言又止。

【切光。

2

【光起，山涛府上。

山　涛　那天，我怀着同样愤懑和无奈的心情回到家。对于司马昭，我原本是有自己期望的。他的父亲司马懿，受到曹操和曹爽的猜疑和压制，在恐惧和压抑中不得不变得阴险毒辣。大将军他毕竟要年轻得多，他不需要用阴险来巩固自己的权势，用凶残来炫耀自己的地位。他喜欢漂亮的女子，喜欢穿华丽的衣服，他并不掩饰自己的心意……可是这些日子以来，他越来越不苟言笑，越来越面无表情，说的话也越来越不叫人明白是什么意思了……他越来越像个大权在握的人了。还有吕巽和钟会。吕巽是睚眦必报的人，必然要杀人灭口；钟会与嵇康又有宿怨。大将军视他们如心腹，如果我向大将军说明，他们看似忠诚实际却私仇公报、迷惑主上，大将军会信我，还是信他们呢？（打个寒颤）我多么希望成为大将军的一条狗啊，虽然平时像畜生一样被对待、被呵斥被唾弃，但有时也能朝大将军吠上几声、咬上几口而不被责怪呀！（圆场）我到家之时，室内笑语声声，窗纸上映出一个男人的身影。这是非常不同寻常的。我的娘子是个贤惠的女人，在我没有发达的时候，她督促我苦读经书日夜不辍。在我做了官之后，她常常寻访前代的旧人，讲述东汉末年那些宦官大臣败亡的故事，以为我的借鉴。她从不与外人交谈，也无暇嬉戏。这个人是谁呢？

【山妻自内迎出。

山　妻　郎君，司马大将军来了！

山　涛　谁？

山　妻　就是当今的一人之下、众人之上的大将军啊！

【山涛愣。

【司马昭笑着从台后走上。

司马昭　山卿，孤是你的不速之客啊！

山　涛　（行礼）涛有失远迎，望恕死罪！

司马昭　（扶起）何必行此大礼！孤只身到此，也是为了免却繁琐的礼仪。如今孤成了大将军，又加封了高都公，诸事加身，反倒不如闲散官职时行事方便了。

山　涛　（感动地）大将军……还惦着臣下……

司马昭　那时，山卿与父王同殿为臣，父王曾对孤讲，山卿有人臣之望，当时孤就不胜倾慕！

山　涛　啊！

司马昭　只是当时山卿在曹爽帐下为官，欲亲近而不得啊。

山　涛　（急忙辩解）那曹爽才卑识浅，凭借父兄之势忝居高位，涛之出仕，迫于时势，并非本意啊！

司马昭　卿不必疑心，孤岂不知卿的心意呢。那曹爽帐下人才济济，可他气度狭隘，一味唯亲是用，排斥异己！天下有识之士，皆沉沦下僚，怀明珠而不遇，抱长恨以郁终！

山　涛　幸而尊公挥戈一击，驱散凶邪，登崇善良，天下士子才有了出头之日。

司马昭　山卿乃当世的吕望，若能为我所用，乃司马氏之幸啊！

【听到“当世吕望”四个字，山涛和山妻不由自主对望一眼。

山　涛　“当世吕望”？

司马昭　卿就是辅佐周文王的姜子牙，能有这样的人在孤身边，孤甚感欣慰。

山　涛　姜子牙？

司马昭　孤拟将山卿由尚书吏部郎调任大将军从事中郎。从朝廷的官到我将军府的官，委屈山卿了！

山　涛　啊？

山　妻　啊呀！做大将军府的官，能侍奉大将军左右，外人求之不得呢！郎君，还不快谢过大将军？

【山涛依旧愣着。

司马昭　不过，孤想，这吏部侍郎是个要职，究竟何人担任为当，还需山卿细加寻访，多多费心。（出一纸）这是一份名单，山卿可于中选取。

【山涛依旧呆呆的。

司马昭　（点头）孤告辞了！

山妻哎呀，还不快谢恩？大将军要走了！

山　涛　大将军请留步！

【司马昭转过身来。

司马昭　卿有何话？

山　涛　这……（对观众）我突然很想对他说，人外还有人，天外还有天，世界之外还有世界。这个世界的终结，只是通往另一个世界的起点。在这个世界里你是人，在另一个世界里你就是鹿。在这个世界里你狩猎，在另一个世界里你被捕杀。一个世界套着一个世界的空间里，你甚至无法真正杀死一个人。用脑袋坐凳的人死掉后，会变成海人；海人死掉后，会变成陆地巨人；陆地巨人死掉，会变成穴人；穴人死掉，会变成鹿人——

司马昭　（不耐烦地）卿有何话？

山　涛　（跪下）臣下不敢欺瞒主上，臣下今天去探望了嵇康。

司马昭　（笑）哦？何必要跪呢？你我同是朝廷命官——

山　涛　不，适才主上将臣下擢为大将军从事中郎，臣下已经是将军的属下了，理应要跪。

司马昭　（笑）好，卿讲——你去探望了那嵇康？

山　涛　属下以为，嵇康卷入吕安风化一案，实属阴差阳错。嵇康是个不知进退的人——

司马昭　“风化”一事不打紧，只是有人出首，说他参与了“淮南之叛”。

山　涛　大将军明鉴！那淮南距此路途遥远，难通消息。嵇康又不在朝中任职，又怎能与之勾结？

司马昭　天下景仰嵇康的士子颇多，有人替他们互通消息，也未可知。

山　涛　他手无寸铁，起兵岂不是笑谈。

司马昭　可他会锻铁，难道不会锻几件兵刃？

山　涛　他锻造的都是农具、炊具之类……

司马昭　（怒了）卿如此清楚，莫非卿与他形影不离？

【山妻拉山涛。

司马昭　（缓和，笑）说起嵇康参与了“淮南之叛”，孤也不信。只是，他著文立说，尽皆与孤对着干。孤提倡礼教孝道，他就说“礼教岂为吾辈而设”，把古时的圣人明君说得十分不堪。孤若不惩罚他，如何号令天下？孤也有苦衷啊！

山　涛　明公……

司马昭　吏部侍郎的事，卿再好好琢磨。天色已晚，孤该走了。（下）

山　妻　恭送大将军！（拉山涛）大将军走了！

【山涛正愣愣地。

山　妻　好了，好了！谁说大将军是个杀人不眨眼、动不动夷人三族的恶魔？他又斯文又和气，一点架子都没有呢。起先我还担心，他会因你在曹爽当政时做过官而怪罪于你。现在看来，是我多虑了。他说你是“当世的吕望”，又说你是“周文王的姜子牙”，这“吕望”和“姜子牙”是什么人呐？

山　涛　他们是一个人。

山　妻　一个人？

山　涛　姜子牙辅佐周文王成就了帝位，他自己也位极人臣。

山　妻　哎呀呀，那岂不是说，他很器重你？

山　涛　器重？

山　妻　（击掌）我当然知道。姜子牙，那是辅佐周文王开疆辟土的股肱良相啊！君主的臣子何止万千，而姜子牙却只有一个，你在他心目中的地位，只怕已经超过钟会了。

山　涛　娘子高兴早了。

山　妻　不高兴，难道要哭吗？

山　涛　同为竹林中人，同一天，嵇康入狱被系，而我却加官晋爵，天下士子会怎样看待我？

山　妻　夫君莫非要与嵇康共患难？

山　涛　夫人，在这个世上，我可以与之为友的，只有阮籍和嵇康二人。而且，就在此处，你曾在屏风之后，亲眼观瞧他们的风度仪止啊！

山　妻　（愠怒）郎君莫非忘了妾讲的前代故事了吗？

山　涛　什么？

山　妻　飞鸟尽，良弓藏。那些官宦的败亡，或因为谋逆，或者因为不识进退。死于谋逆的人少，死于不识进退的多。主上给个好脸，几句好话，就弄恃宠生娇，忘了身份。永远记住，你不过是主上的一个婢女，一条狗——

山　涛　我不甘心只做一条狗——

山　妻　你想怎么样？

山　涛　我想要做人。

山　妻　狗！

山　涛　人。只要狗对主人忠心耿耿，死后，主人不是给它封墓立碑，像人一样对待吗？

【切光。

3

【光起，阮籍。

阮　籍　再次来到监狱，我兴奋又忐忑不安。我打算什么也不讲，只是请求他弹一曲《广陵散》。

【《广陵散》的乐曲声。

阮　籍　它名叫《广陵散》，听起来像婉转悠扬、皆大欢喜的歌功颂德之曲，甚至有人把它当成《寒食散》一样的中药药剂。其实，此曲原有一个名字叫《聂政刺韩王》，表现聂政为父复仇、刺杀韩王的一段故事。它的旋律慷慨、激昂，寄托着聂政不畏强暴、宁死不屈的复仇意志……我要学会这首曲子，弹给阿珠听，激励于她！

【乐声消失，阮籍圆场。

【光圈里出现山涛，他挺身长跪，像在与嵇康恳谈。

山　涛　中散，切不可再为吕安作证，明哲保身，这是唯一生路啊！

阮　籍　“我做不到。”［嵇康回答。

山　涛　那，让吕安自杀身亡，让此案成为无头悬案。

阮　籍　“我做不到！”［嵇康的神色已经有些怒了。

山　涛　（击掌）好！山某也知中散不是卖友之人。然而，鱼和熊掌不可兼得，若不想伤吕安的性命，又保中散无虞，只有一条路。

阮　籍　什么路？

山　涛　拟些文字，呈递给大将军，以示追悔之意。

阮　籍　“足下莫非为司马昭做说客吗？”

山　涛　山某是实实为了阁下！

阮　籍　“为苟全活命而屈心改志，康宁死不为。”

山　涛　中散，大将军并无杀汝之意啊！

阮　籍　你是从何得知？

山　涛　他昨日到贱舍来过。

阮　籍　贱舍？司马昭到你家里来过？

山　涛　大将军是宽厚仁慈之人，他不想害你，但中散要有点表示……

阮　籍　就是认罪的文字？《认罪表》或者《认罪书》？

山　涛　山某与中散相交多年，也极知中散绝不瓦全的禀性，可这是性命攸关的事。只要一首诗文，略显懊悔之意，大将军就不再追问下去，大事化小、小事化了了。（双手捧上）这首诗，我已经写好了。

阮　籍　（惊讶）你已经写好了？

山　涛　事不宜迟啊！

阮　籍　（接过，念）“嗟余薄祜，不训不师。爰及冠带，凭宠自放。曰余不敏，好善暗人。”（冷笑）这还叫一点点表示，这简直是把自己全盘否定了！

山　涛　字句还可以改。

阮　籍　（冷笑，拱手）中散，可否弹奏一曲《广陵散》？阮某想学会这首曲子。

山　涛　不，在这个时刻，弹奏这首复仇的曲子是极为不明智的。如果大将军在这里，听到了嵇康的琴声，他会以为他在向他示威……（喊叫）不，不，停下！

阮　籍　我看你是被吓破了胆。

山　涛　中散，只需花上半炷香的工夫，把这百余字抄上一抄。

阮　籍　万一中散低头只是白受屈辱、自毁声名呢？

山　涛　不会的！

阮　籍　为什么？

山　涛　因为司马昭是英明之主，他赏识我、称我是“人中吕望”……

阮　籍　他如此赏识你？所以你才为他做说客吗？

山　涛　大将军视我如吕尚，那对待嵇康更不可知了！

阮　籍　（嘲讽）说服嵇康低头，这就是你担任吕尚的第一步？

山　涛　（对阮籍）自己袖手作壁上观，却处处攻击别人。不知足下的用心，究竟是要救人，还是要展示自己的舌辩之才！

阮　籍　我却没有想过毁掉朋友的名声以巴结主上！

山　涛　（被阮籍激怒）那你呢？你又为朋友做了什么呢？让他像你一样，装疯卖傻，像个跳梁小丑一样，犯了过错就归到醉酒上吗？

阮　籍　他的话一出口，我觉得我的脸色变了。（下了决心）事已如此，我不能不把自己的打算说出来了。司马昭向我的女儿提亲了。

山　涛　听到阮籍的话，我吓了一跳。（对阮籍）天下士人会说——

阮　籍　我知道，天下士人会说，我阮某贪图富贵，而在好友入狱之时，忙不迭地把女儿嫁给了朋友的仇人。可他们不知道，我的女儿会在新婚当晚杀死她的新郎。如若事情不成，她当自杀谢罪；如若事情成，她也要自杀！

山　涛　不可！我几乎和嵇康一同喊了出来。那司马昭焉能放过足下？

阮　籍　死又有何惧！汩泥扬波、韬光养晦，我阮籍这一辈子做够了！

山　涛　不可、不可呀！这是一条人命，可能是几条人命，中散，（指着纸）还是写诗的好！

阮　籍　嵇康乃天下士子之榜样！这样的诗会成为他的认罪状的！（举起山涛代拟的诗句）白纸黑字清清楚楚，他就不是死一次，而是死千次万次、千秋万代了！

山　涛　山某是不会让朋友冒这样的风险的。我可以模拟中散笔迹，先代中散上诗。若大将军赦免中散死罪还好，如若不然，山某必挺身而出，讲明此诗乃是我的代笔，绝不令中散受辱。

阮　籍　你？挺身而出？

山　涛　你们信不过司马昭，难道，连山某也信不过了吗？

阮　籍　绝对不能写任何东西，那会是一辈子的污点！

山　涛　中散乃是士人领袖，焉能寄生于女流之辈？

阮　籍　我父女心意已决，多说无用。

山　涛　涛明日即将此诗呈于大将军。

阮　籍　你是丧心病狂了吗？

山　涛　我看你才是痴人说梦！

阮　籍　你是想让他受人唾骂，死后都不得安宁！

山　涛　那司马炎自幼习武，将军府戒备森严，一个弱女子，怎能行凶杀人？

阮　籍　不去试过，怎知成败？

山　涛　事情败露，中散只会死得更快！

阮　籍　中散宁死，也不写这样屈辱文字！

山　涛　些许文字，又有何损？

【切光。

阮　籍　就是这样，不知怎么地，我们两个争吵了起来。

山　涛　嵇康没有劝阻我们，他只是静静看着我们，仿佛我们是在竹林论道，争论的不是他的生死而只是一个玄而又玄的玄学问题。

阮　籍　我突然觉得，我太闹了。

山　涛　我也突然觉得，我太吵了。

阮　籍　我们一定要通过争论，来解决问题吗？

山　涛　我们一定要在朋友面前，把拯救他的动作，表现得如此大张旗鼓吗？

山　涛　我想做什么，我自己去做就成了。何必要嚷出来呢？

阮　籍　我想要做什么，我也可以去做，为什么要和他争论呢？

【《广陵散》不知何时，由隐至显，响了起来。

【山涛与阮籍望过去。

【切光。

4

【光起，钟会和山涛。

钟　会　你是说，嵇康他看过钟某的《四本论》？

山　涛　不错。那嵇康在狱中甚是无聊，整日读书以资消遣。我曾嘱人抄录一份他的书单，钟公的著作就在其中啊。

钟　会　他读我的书？那他对钟某的书，作何评价？

山　涛　恕我直言，他……他一言不发。

钟　会　一言不发？

山　涛　只是读完之后，便去拂琴。

钟　会　弹《广陵散》？

山　涛　正是。

钟　会　这作何解？

山　涛　那嵇康酷爱《广陵散》一曲，然又不轻弹，仅在心潮起伏、激昂难抑之时，才偶一为之。

钟　会　读钟某之书，读出激昂来了？

山　涛　大人的《四本论》辩才无碍，气势磅礴，必须要德才兼备才叫“人才”，有才无德是小人，嵇康不得不服。只是，他遗憾的是，这样的书，偏偏出自您之手，而您，恰恰又与他——

钟　会　（面露得色）哈哈，我对他也常有此叹。

山　涛　涛听人说，嵇康在狱中夜夜读此书，又每于读完弹琴——

钟　会　不错，确常有《广陵散》的乐声从狱中传出。这么说，都是他在读我的书喽？

山　涛　钟公明鉴！就是山某的著作，嵇康也未曾再三拜读！

钟　会　（自负地）想当初此书写成，朝廷内外一片褒扬，我好心请嵇康雅正，又担心他成见在胸而闭门不纳，于是隔着院墙掷进他户内。我刚转身要走，只觉背部受到重重一击，我扭头一看，这不是我刚刚掷进去的《四本论》吗？嵇康他竟然原封不动掷了回来！什么名士，这哪有名士风度？

山　涛　此一时彼一时也！生死之际，人的精神意志便会改变，高傲的心也会变得谦逊。山某以为，若嵇康有幸不死，他与大人，倒是可以高山流水，伯牙钟期，传作一段佳话呢！

钟　会　（大笑）哈哈……（变色）山大人为了营救朋友，可谓煞费苦心。

山　涛　钟大人！

钟　会　要嵇康命的是大将军，我何苦为了嵇康，而去得罪于大将军？

山　涛　（不慌不忙地）嵇康是士人的楷模、百姓心中的圣人。他仪容风度极佳，如高山顶上的孤松，美玉雕成的山峰，想要追随他，成为其友，甚至超越他、凌驾于他之上的士人不计其数，然而他们只是镜花水月空自嗟叹。然而今日，上天把机会赐予了大人，大人只要一举手一投足，救嵇康于濒死之际，我想那嵇康断然是没有勇气拒绝大人的恩德的。让天姿超纵的嵇康惶愧无地、感激涕零，这难道，（放慢语气）不是件令人快意的事吗？

钟　会　快意是快意。不过，我对救嵇康这样的名士却没有兴趣。（冷冷地）他要死，就让他去死好了。

山　涛　钟大人……

钟　会　不过。我听说，大将军有意让山大人代拟一份名单？

山　涛　名单？

钟　会　吏部尚书郎的名单。他是夜里到你家里去的时候，交给你的。

山　涛　钟公如何知晓……

钟　会　我？自然是大将军告诉我的。（慢慢地）吏部郎是主管官吏任命的，这是个举足轻重的职位啊。

山　涛　（从袖中取出）涛不敢专擅。请钟大人定夺。

钟　会　（变色）山大人，这就是你的不对了。大将军信任你，让你来定夺，你为何私相授予、假公济私？

山　涛　这……（镇定）山某也只为表示对大人的赤诚相待罢了。

钟　会　（笑）若此语叫大将军得知，不仅是山大人，钟某都有大大的不是了。山大人不要连累钟某。（掷还）山大人应当输赤胆忠心于大将军。

山　涛　（愕然）钟大人!（掩饰地）钟大人果然对大将军别无二心，山某适才所言，只是玩笑罢了。

钟　会　玩笑？哈哈……钟某刚才所说，亦是玩笑。

山　涛　钟公？

钟　会　山公舍己救友，钟某敬佩。钟某就缺少像山公这样的生死之交。说实话，我很羡慕你们竹林中人的情意……

山　涛　（激动）山某愿为大人……

钟　会　不必说了。山公的事，钟某必不袖手旁观。不过，钟某也有一事相求。

山　涛　山某愿为大人肝脑涂地!

钟　会　此事有些难以开口。

山　涛　钟公但言无妨!

钟　会　钟某只愿……山公不要在大将军面前表现得赤胆忠心尔。

山　涛　这是何意？

钟　会　简单。就是要你在大将军面前，表现得自己不是如此足智多谋，不是姜子牙再世，不是周公附体。

山　涛　啊？

钟　会　怎么样？（盯着山涛）

【切光。

【幕内：

步兵校卫阮嗣宗大人求见!

钟　会　阮嗣宗来了？稀客，稀客！失陪!

【光起，阮籍和钟会。

钟　会　怎么？阮公答应大将军求亲一事？奇怪。我本以为，你是不愿意的。

阮　籍　大将军是当今的重臣，一人之下万人之上，能结成这样的亲事，谁能不愿意呢？

钟　会　你不会是为了救嵇康吧？

阮　籍　（吓了一跳）非也！

钟　会　为救嵇康而答应亲事，有些不妥。你们的朋友山涛，正想办法说服大将军，不但赦免嵇康的罪行，还要任命他做吏部侍郎呢。

阮　籍　啊？万万不可！

钟　会　为什么？如果他能同意，大将军得到人才，你们也救了朋友。岂不是两全其美？

阮　籍　大将军固然得到了人才，只是不利于阁下。

钟　会　又不利于我？

阮　籍　阁下想，那嵇康之才华举世罕匹，若他立于朝堂之上，忠心耿耿辅佐大将军，那么，岂不是要分阁下之宠？

钟　会　那我就杀了他！

阮　籍　不可！

钟　会　为何？

阮　籍　世人皆知嵇康鄙视阁下的《四本论》，若恰恰此时杀他，岂不贻人口实？

钟　会　他鄙视我的《四本论》？

阮　籍　然也。

钟　会　也许他表面上鄙视，内心佩服呢。

阮　籍　绝无此意。山涛送书前去，他吩咐仆人拿去烧火，一眼也不曾看。

钟　会　（震怒）啊？

山　涛　（上前）不可听信阮籍的话！

阮　籍　不可听信山涛的话！

山　涛　（对钟会）足下莫非忘记大人虱子之喻了吗？阮嗣宗外表荏弱而愤世嫉俗。钟公尽忠大将军，做了不少得罪他的事，如果他一旦与大将军结成秦晋之好，那足下岂不危矣？

阮　籍　（对钟会）山涛与嵇康情谊非比寻常，若嵇康名列朝班，山涛引以为奥援，足下势必危矣！

钟　会　（对山涛）哈哈，依山大人之见呢？

山　涛　大将军是个疑心很重的人，他不愿意看到手下一枝独大。所以，我们互相攻击一下……仅仅是攻击，不是要害之处，是有益无害的。

阮　籍　（拉住钟会）钟公，其实，我们一直配合得很默契。

钟　会　默契？

阮　籍　比如在平定三乱的庆功宴上，你指责我不衫不帻，而我讲的那个“虱子”的段子。大将军事后笑了很久呢。杀戮毕竟是让人神经紧张的事，暂时放松一下也是需要的。我们以后，还会配合得很好！

【钟会冷冷地看着他们。

【切光。

【山涛走近阮籍。

山　涛　你不应该在钟会面前攻击我。

阮　籍　你也不应该在钟会面前攻击我。

山　涛　我们理应勠力同心，可为何……（诚恳地）阿珠嫁入司马家，无异羊入虎口。稍有不慎，阮公必将一门无存！太轻率了，不，我不能让你冒险。

阮　籍　难道你不明白？此举不仅仅是为了嵇康，也是为了我？我不是任性使气、贪生怕死之徒；我也不是志大才疏，只会口出狂言，然而却没有谋划的人；我更不是贪杯恋酒，一闻到司马昭府中的美酒香气，就魂不守舍、忘了本分的酒徒！

山　涛　我不明白，你既然能做司马昭的官，为什么却不让嵇康做？

阮　籍　因为那是嵇康，他是天下士人的榜样、楷模！

【二人均激动起来。

山　涛　收起你冠冕堂皇的理由吧！你是怕如果我的计策成功，你就失去了顺水推舟把女儿嫁给司马昭之子的机会！

阮　籍　你一心一意劝说嵇康屈服、做官，你是不是盼望着拉他下水，这样你就不会为吃用司马家的俸禄而害臊了？

山　涛　你……哼！

阮　籍　哼！

【片刻。

山　涛　钟会很快给我带回了消息，他要我去面见大将军。

阮　籍　钟会也很快给我带回了消息，他要我去商量嫁女的吉期。

二人同　（拱手）我们等着！

【切光。

第三幕

1

【光起，阮籍和山涛。山涛一边踱步，一面念念有词。

山　涛　（施礼）大将军，（从袖中取出奏章）这是吏郎尚书郎的拟任人选。（装作是司马昭）七份？你疯了么，吏部尚书的实缺只有一名，而符合条件的，也不过七个，你把每个人都写上了？（山涛）请将军恕罪！下官昨天晚上，把所有符合条件的官员的履历、声望、特长统统撰写了一遍，原指望今日观将军之喜好，加以检选奉上，以显示下官的忠心和精干。（司马昭）你竟然这样做？（山涛）然涛不敢欺瞒将军！（司马昭）那你打算怎样做？（山涛）臣闻之，敢犯主之颜，言主之过失，不辞其诛，不悔其行，直臣也。若有才不荐，有负主上深恩，死有余责矣！（司马昭不耐烦地）别背书了，你打算怎样做？（山涛下跪）下官以为，最合适的吏部尚书人选不在别处，正在钟大人的监狱里。（司马昭）你是说，嵇康？（山涛）嵇康为人耿直，在士林中拥有极高声望。嵇康之父也曾做过弹劾监察众官的治书御史。（司马昭）可他屡教不改顽固不化，我已经决定杀死他了。（山涛）这样一个人，杀死他会引起士林的动荡、人心的不安，人们嘴上虽然不说，心里难免对将军不满。大将军此时赦免他，不仅赦免他，还给他做吏部郎，这是一件极好的收服人心的事。坦白讲，这比杀死嵇康来压制人心，要来得巧妙。（司马昭）若是他不呢？嵇康可是嵇康。（山涛）若那嵇康悖逆无理，下官愿辞职谢罪！

【片刻。

山　涛　如果大将军执意要杀他，那么，请将山涛和他一起杀了吧！

【幕内：

山妻：你疯了！

【片刻。山涛结束表演，拭汗。

山　涛　不，不，我说得不好。语气不够诚恳，言语还有破绽，态度也有些倨傲。我……我……我需要再加揣摩……（走开）

【阮籍走回来。

阮　籍　我在回想昨天晚上发生的事。

【阮籍府上，阮籍与女儿。

阿　珠　（意外地）让女儿杀了他们？

阮　籍　人在喝醉酒的情况下，是最没有防备的——（举起剑）

阿　珠　父亲，阿珠嫁入司马家，理应孝敬姑嫜，相夫教子。

阮　籍　就我本心而言，我不愿意你嫁入这样的人家，但我没有办法。你不是在杀人，你是在自卫，在替你父亲复仇！

阿　珠　容孩儿再想想……

阮　籍　既然死意已决，何不做个英雄呢？

阿　珠　父亲，您在开玩笑？女儿不懂。

阮　籍　（笑，扶起女儿）你有没有听说过，你有没有听说过，世界上有一种人，他们以脑袋坐凳，以鼻观天，以手为脚。

阿　珠　（不明白父亲的意思）父亲……

阮　籍　有一种人，他们住在地穴里，他们以暗为明，以明为暗。他们吃土块而喝石头，无手无脚却长着很大的翅膀。凭借这翅膀，他们一下子能飞到天上去。然而他们到天上时，却把眼睛留在洞穴里，因为他们的眼睛在光亮之中看不清东西，带着也没有用。

阿　珠　父亲，您在说什么？

阮　籍　还有一种人，他们鹿头人身，静静地立着，东向而望。他们每天如此，从不间断，不吃不喝，不眠不休。谁也不知道他们在等什么，也不知道他们看到了什么。

阿　珠　哪里有这种人？怎样才能见到他们？

阮　籍　他们不是我们世界里的人，他们是别的世界的人。

阿　珠　别的世界？

阮　籍　世界之外还有世界，人生之外还有人生。那是一个比我们这个世界妙得多的世界。那里动听的音乐响个不停，石头、砖块散发出好闻的味道，那里的人们都穿着裘皮和贵重丝绸。那里的人不需要房子，风是他们的床，天是他们的被，他们的梦里流淌着蜜糖的芬芳。

阿　珠　哪有这个世界，它在哪里？

阮　籍　你想去吗？

阿　珠　如何能去？

【阮籍执剑，做刺杀状。

阿　珠　啊！父亲，父亲！（以首顿地）

阮　籍　阿珠，方生方死，方死方生，死了好，死了就没有恐惧，只有逍遥。阿珠！

【切光。

2

【光起，山涛和阮籍。他们焦灼不安地踱步，时不时互看一眼。

山　涛　（拿酒壶）要不要喝上一杯？

阮　籍　不！

【追魂鼓的声音突然响起。在这惊心动魄的声音中，另有一种声音压抑却又不屈地响着。那是《广陵散》的声音。

山　涛　（惊讶地）这是什么声音？

阮　籍　（惊恐地）这是要杀人的鼓声！

山　涛　《广陵散》，这是只有嵇康才会弹的曲子。这声音来自东市，中散不是应该在狱中吗？

阮　籍　是嵇康，嵇康被押往东市！

山　涛　他们要杀他？

阮　籍　不可能！

山　涛　钟会呢？

阮　籍　我们要找他！

【钟会上。

阮　籍　钟会，这是怎么回事？

山　涛　你说！

钟　会　你们二位走后，嵇康上表只求速死。

山　涛　怎么，他上表求死？

阮　籍　还越快越好？

钟　会　大将军震怒异常，所以要煞煞他的锐气。

山　涛　只是假装把他押往刑场，其实并不会杀死他？

阮　籍　只是折辱他、降服他？

山　涛　我们冒着生命危险救他，他却上表求速死。

阮　籍　我们为了救他，亲人都不顾，而他，却让这一切付之流水！

钟　会　（笑）嗣宗，我们借一步说话。

【钟会拉阮籍走向一边，山涛疑惑地看着他们。

钟　会　我把你允婚的事告诉大将军了。他很是喜悦。不过，他还要看看你的忠诚……

阮　籍　忠诚？

钟　会　大将军升了晋王后，今上认定他是天下第一贤人，要禅位于他，大将军却执意不肯。因此，要是有人上封《劝进表》，那是极好的。

阮　籍　《劝进表》？

钟　会　我想，这天下哪有比嗣宗更合适的人呢？文才又好，名望又高。这分明是上天给你的机会呀！

阮　籍　我？不，不！

钟　会　嵇康的性命，就在你的笔下了……

阮　籍　（颤抖着）好，我写！

【钟会又走近山涛。

山　涛　钟大人……

钟　会　晋王一会儿就要召见您，说辞可曾背熟？

山　涛　炉火纯青！

钟　会　好，嵇康生死，就在此一举了！

【钟会下。

【山涛与阮籍。

山　涛　他跟你说了什么？

阮　籍　他跟你说了什么？

【二人尴尬。

山　涛　好吧！（避开）

阮　籍　（恨恨地）《劝进表》……我写，我写！哼，只怕不等“劝进”成为事实，司马昭，你的头颅就滚落在尘埃里了。魏国，我要叫你天翻地覆！

【追魂鼓的声音。

山　涛　这是第二通鼓了，不知道嵇康此刻，是否还镇定如常？

阮　籍　《劝进表》……我要赶快写！（手忙脚乱）写……我怎样写？不……不……我不能慌。我想想……我不甘心写《劝进表》助纣为虐。我要故意遮掩我的才华，写一些常识错误的句子，让它完全不像我的文笔。后人自会怀疑的，会有人说：“你看，他写这篇文章时才思如此干涩，说明他内心极度痛苦，他根本不想写这样的文章。”我要把《劝进表》写得扑朔迷离，叫后世人看来难断真伪。总有不甘心的家伙会替我说话的，说：“不，这不是他写的。”

【阮籍奋笔疾书。

【幕内，众人的议论：

他们要杀死他！

他的朋友，昔日谈玄论道的朋友，没有一个来为他送行。

平日里你来我往，互相称许，一到关键时刻，便躲得无影无踪了。

还不如我们这些普通百姓。看他的嘴唇干裂得流血了，中散大人，喝一口茶吧，可别嫌我的茶叶是散叶碎梗，又苦又涩。

看他的头发，被风和车辆的颠簸弄散了，我来帮你理一理吧，可别嫌我扶过锄犁的黑手，又粗又笨。

……

山　涛　无知的贱民。

阮　籍　死，并非一刀下去，“喀嚓”断头了事。如果死如此简单，我早就去死了。在死之前，你没办法不前思后想：面对未知世界的恐惧，父母妻子无衣无食、颠沛流离，狱卒如狼似虎、趾高气扬……还不等那些前思后想摧垮你的意志，你的膝盖就先软下来了。

【《广陵散》的声音。

【幕内：愔愔琴德，不可测兮，体清心远，邈难极兮。良质美手，遇今世兮；纷纶翕响，冠众艺兮。识青者希，孰能珍兮；能尽雅琴，惟至人兮。

山　涛　（担心地）不，他不能再弹这曲子，他要向谁示威？

阮　籍　（赞叹地）好，好，他到底还保持了风度。

【幕内：

何曾：今皇道开明，四海风靡，边鄙无诡随之民，街巷无异口之议，而康上不臣天子，下不事王侯，轻时傲世，不为物用，无益于今，有败于俗。昔太公诛华士，孔子诛少正卯，以其负才乱群惑众也。今不诛康，无以清洁王道！

【幕内，追魂鼓的声音。

【两人心有所动，但他们不愿相信听到的看到的，而愿相信这只是一个计谋。

山　涛　为了吓唬人，他们的戏做得好逼真！

阮　籍　我倒要看看，他们怎么收场。

【刀举起和落下的呼啸声，红光像一颗人头滚过天幕。

山　涛　他们把他杀了！

阮　籍　不可能。

山　涛　真的死了？

阮　籍　就这样死了？

山　涛　你不是说，你答应亲事，大将军就饶过他了吗？

阮　籍　你不是说，在你面见司马昭之前，他们不会杀他吗？

【令人肝肠寸断的哭声：女儿，阿珠！

【幕内，一动不动的阿珠。

阮妻的哭声：阿珠，女儿，我的女儿！

阮　籍　阿珠？

【切光，阿珠鬼魂上。

阿　珠　爹爹。

阮　籍　阿珠！你怎么来了？你快走，爹带你走。

阿　珠　（躲开阮籍的手）走到哪里去？

阮　籍　走到吴国，哦，不，吴国已经被灭了。走到蜀国去，我们去蜀国！

阿　珠　蜀国迟早也是司马家的。

阮　籍　我不能送你入火坑。之前的计划，都不存在了。

阿　珠　不，父亲，女儿已经找到更安全的所在。

阮　籍　更安全？（拉阿珠）阿珠，为什么你的手这么凉？为什么你的脸这么白？（注意到颈上的白练）你的颈上，又是什么？

阿　珠　因为女儿已经投缳自尽，身处极乐世界了。这里有会说话的镜子，会走来走去的椅子。还有鹿人、海人……

阮　籍　（震惊）啊！阿珠，你若不愿出嫁就告诉我，何必去死呢？

阿　珠　阿珠不孝。我和司马炎并无仇恨，按照《列女传》上说的，出嫁女子要孝顺姑嫜、和睦邻里，要与丈夫相敬如宾白头到老，可父亲却说，我应该一剑宰杀他。女儿也怕临难贪生、有辱父亲的令名。父亲交给女儿的题目好难，女儿解不开，女儿先去了。

阮　籍　阿珠！

阿　珠　父亲说的方死方生，女儿感受到了。女儿现在不怕了，父亲若是怕的话，就随女儿来吧！

阮　籍　（打掉她的手）不！

【阿珠隐去。

【幕内：

阮妻的嚎哭声：阿珠，阿珠……你的父亲对你说了什么？你不要信他，他是个懦夫，懦夫！

【阮籍汗如雨下、面色惨白，摇摇欲坠。

【司马昭暗上。

司马昭 （突然地）卿既有意杀我，何不自任？何必假于女子之手？

阮　籍 我……

司马昭 孤待你不错呀，你要当步兵校尉就让你当，你到底为什么？

阮　籍 我只想啸咏山水、老死林泉，请……饶我回归山林吧！

司马昭 （冷酷地）不！

钟　会 （得意地）现在，谁是那只虱子？

司马昭 （逼视山涛）还有你！

山　涛 （吓得跪下）陛下！

司马昭 孤对你如此器重，而你，却是如何对待孤的？那嵇康至死也没有一句软话，他不断地弹奏《广陵散》，他想刺杀谁？他又要向谁复仇？单凭这乐曲，我就应该夷灭他的三族！你们要明白孤的苦衷！

钟　会 依卑职所见，嵇康、阮籍、山涛这三人可谓同气连枝、相与比周。卑职以为，对于嵇康之死，他们心中必有怨言。刀已经祭起来了，杀一个也是杀，杀两个也是杀。

【阮籍和山涛战栗不已。

司马昭 你是让我杀了他们？

钟　会 主上明鉴。

司马昭 我不想杀人了，我不喜欢杀人。没有别的办法吗？

钟　会 主上是想怀柔之策，来感化他们吗？不，主上，阮籍与山涛态度摇摆、不堪信任，他们只是假装柔顺，而内心里包藏祸心罢了。

司马昭 （厉声地）钟卿，你不必讲这些话！

钟　会 怎么，主上有悔意？

司马昭 杀了嵇康，国家已经损失了一名栋梁；我怎能再杀？

钟　会 主上打算？

司马昭 孤要向天下人表明，孤并非好杀，孤是不得已而杀。孤其实是好善向德。

钟　会 您要？

司马昭 杀了嵇康，我要升阮籍和山涛的官。

钟　会 （始而诧异）升官？（继而明白）哦，哈哈，妙，高！属下明白……

司马昭 （慢条斯理地）哦，你明白？（逼问）你明白什么？

钟　会 （惧怕，躬身）不，属下不明白！这是阮籍写就的《劝进表》，请主上过目。

司马昭 又是《劝进表》？怎么，阮籍也劝我？（倦怠地）可我真不想做大将军，不想做晋王，（眼前一亮）就是给我皇帝，（又用倦怠掩饰）我也不想做。我累了。不过，阮籍的父亲阮瑀就擅长做诗。待会儿我想比较一下这父子俩的文笔，看看是不是青出于蓝而胜于蓝。阮籍身上流着阮瑀的血，他的文章一定也差不了。

钟　会 哈哈，主上明鉴。

山　涛 （上前）可是……

司马昭 可是什么？

山　涛 您那天屈尊到我家里去，我们讨论到了嵇康，您不是想饶过他的吗？

司马昭　我是想过。可他不给我机会，是他主动求死。孤想让你们明白，嵇康是曹魏的女婿，出身不可谓不高贵，然而他能毅然辞官不做，从事最下贱的锻铁粗役，而丝毫不以为耻——而且他在士人当中的影响太大了。哪怕他像阮籍一样肯应付也可以，或者就像郭林宗他们，彻底隐居，不问世事，甘心畎亩，浪迹江海，远离我的视线。否则，活在我的势力圈里，又不靠我生活，自服贱役养活自己，还活得优游自在，能谈玄能论道，天子不以为臣，诸侯不以为友，天下的人都像他这样，那主上还有臣下吗？没人做官，哪里还有什么皇帝？

钟　会　殿下，嵇康一死，天下大震。抗节忤旨、哗众取宠者，土崩瓦解、抱头鼠窜。天下清净多了！

司马昭　这是嵇康临死前的绝命辞。里面仍然没有一句后悔的话！山卿。

山　涛　（颤抖着）在。

司马昭　听说，你替他拟过一首诗，朕看意思很不错。你就给嵇康改一改，模仿他的笔迹，再抄一下吧。朕要布告天下。让大家看看，嵇康怕不怕死，他后不后悔。

山　涛　（颤抖）遵命……

司马昭　何必要杀人呢？孤不喜欢杀人，孤要升他们的官。

钟　会　臣下明白了，主上英明！

阮　籍　（仆上）杀了我吧！

司马昭　（残酷地）给他一把刀。

【钟会拔出刀给他。

阮　籍　（托住刀）我没有勇气自杀。请让刀砍下来吧！

钟　会　（傲慢地）不。

【司马昭的笑声。

【山涛发抖。

【收光。

尾　声

【光起，阮籍和山涛。

阮　籍　这就是我们讲的故事，它听起来破绽百出。

山　涛　可它却无比真实。

阮　籍　我们没有袖手旁观，我们为了救朋友不惜一切。

山　涛　我们违心地结交钟会。

阮　籍　我牺牲了自己的女儿。

山　涛　我替他代拟了自我忏悔的文字。

阮　籍　我被迫写下《劝进表》。

【幕内，几个着现代装的男女并排而立：

唉，你们也算用心良苦！那司马氏甚是不义，你们为何不学鲁仲连义不帝秦？你们为何不学伯夷叔齐采薇山中呢？

阮　籍　我贪杯，我怕祸及妻儿老小……

山　涛　若个个都是鲁仲连义不帝秦，个个都采薇山中，那《春秋》、《左传》、《国语》、《史记》上将是一片空白。我要学晏子不死君难，我想学管仲弃旧图新，辅佐齐桓公成就霸业。这，都是圣贤说的，我有什么错吗？

【幕内：

你们生不逢时啊！

遇到一个清平的年代，你们将会做出何等的功绩呢？这些都不可知了！

现在我们明白了，嵇康临刑前的绝命诗是伪造的。至死不渝志向的人，怎会在诗里自责“不训不师”、“藏垢怀耻”，为朋友不惜一死的人，又岂会有“万古周慎，安亲保荣”的心思。这颠三倒四的满纸追悔，写的是你山涛啊。

【山涛点头。

【幕内：

原来阮籍作《劝进表》，是为了救嵇康于一死。我曾经为此事怨恨了你的软弱，现在，我也可以释然了！嗣宗果然大事不糊涂，有气节真性情，好！

【阮籍点头。

【幕内：

你们高估，哦，不，是低估了嵇康。他怎么能接受朋友作出如此牺牲呢？

你们到底是些文人，你们把主意满心欢喜地告诉朋友，却不知道，这是朋友根本无法接受的屈辱。你们的举动，恰恰促成了他早日求死！

【阮籍和山涛对望。

阮　籍　事起仓卒，无法容我们思量万全之策啊！

【幕内：

你们还在钟会面前互相攻击，唉，真是令人……难以为情！

【此语显然令二人震动。

山　涛　我们说了些攻击的话。

阮　籍　我们绝不是为了攻击对方。

山　涛　也许我们还说了一些糊涂话。

阮　籍　（痛苦地）叫人无地自容的话！

山　涛　我们是为了得到那个人的信任。

阮　籍　在当时的情境下，你一紧张，自己都不知道会说出什么。仿佛那不是你的嘴，而是别人的嘴。

山　涛　我们都是为了对方，不想让对方做出牺牲！

阮　籍　我们都认为，帮助朋友，是我们义不容辞的责任！

【幕内：

算了，你们也算两肋插刀，不枉与嵇康相识一场。

够朋友！

【稀稀落落的掌声。

阮　籍　（激动）惶恐惶恐！

山　涛　（激动）惭愧惭愧！

【但掌声落处响起质疑的笑声，二人不由一惊。

【幕内：

精心编织的谎言！

一唱一和的骗子！

虚张声势的懦夫！

你们演了一场精心结构的戏剧，你们分配了角色、台词，红脸与白脸。你们绞尽脑汁故意露出破绽以避重就轻，可你们还是留下了蛛丝马迹。

【幕内：

阮籍，史书记载，你所说的“诸君何为处我裤”中的话，其实是你们的朋友刘伶的话，根本不是你的话。

阮　籍　我何曾说过是我的话？

山　涛　刘伶也是“竹林七贤”之一，作为志同道合的朋友，我们知道这句话，不应该比你们早吗？

【幕内：

史书记载，嵇康死于景元三年，而你阿谀奉承的《劝进表》写于景元四年，其间间隔整整一年。这些证据表明，你是被嵇康的死吓破了胆，才写的《劝进表》!

山　涛　阮籍的《劝进表》写在嵇康被杀之前，此事千真万确。是司马昭指使写史的人更改了日期，才导致人们对阮籍的误解!

【幕内：

山涛，史书记载，钟会与裴秀争权夺势，而你能同时获得两个人的好感。可见，你山涛与钟会的关系并不差。

阮　籍　史书如何可信！钟会表面交好山涛，内心却十分忌恨，我可以为证!

【幕内：

你作证？哈哈哈……

不要争辩了！在你们的诗集中，竟然没有只字片语是悼念嵇康的!

山　涛　我写了，是司马昭指使人删去了它们!

【幕内：

山涛，司马昭死在你的后头，他恐怕没有机会指使人删书吧!

阮　籍　我写了，我写了两首!

【幕内：

呵呵，朋友死了，你那近百首的诗集中，只有两首是悼念朋友的?

阮　籍　（无言以对）我……

【幕内：

你们还不如向秀，向秀还写了《思旧赋》!

山　涛　你们是说向秀？嵇康死后，作为嵇康最好的朋友，他亲自匍匐在司马昭面前讨官做，他亲口说“巢许狷介之士，不足多慕”，全盘否定了他的朋友！

【阮籍看着山涛。

山　涛　嵇康临终，将其子嵇绍相托于我。二十载后，我举荐于武帝使之官居秘书丞。后惠帝有难，嵇绍挺身当之，虽身死阶下，名垂青史！其父傲上身首异处，其子舍身护主青史有名，这不是山某的教化之力吗？我没有辜负他的相托，我不是他最好的、值得信任的朋友吗？

阮　籍　（忍无可忍似的）住口！

山　涛　（愕然）你怎么了？杀人的是司马昭，又不是我们！

阮　籍　当初司马昭起兵讨伐淮南，把守卫京城的事交给了你，你若是当时起兵，还会有今天的事吗？

山　涛　司马昭只是假装把兵权交给我，其实却在我的四周埋伏下心腹，只要我有轻举妄动，我就死无葬身之地！

阮　籍　（隐忍）算了，我不争辩了。当生命之火熄灭，坟墓吞噬我的时候，我希望，不要有墓志铭。与其让偏见和无知诋毁我，倒不如什么也没有。记住我是一个酒徒，我嗜酒如命，就行了。（喝酒）

山　涛　嗣宗……

【幕内，中年人的声音：

坦白讲，如果你们不编造这样一个破绽百出的故事，而是老老实实地承认，你们自打知道嵇康被逮，为避牵连，自始至终没有去探监，对嵇康的死置若罔闻，也没有替他四处奔走；老老实实承认这个，我倒是更尊重你们一些。这件事是不存在的，你们没有救过朋友。

山　涛　我们营救他的行动，史书上不见记载，是因为司马昭的阴谋！如同他篡改了《劝进表》的时间一样，他也授意史官，刻意不去记载这件事！

【幕内，刺耳的嘲笑声。

【幕内，年轻人的声音：

不要激动嘛，前辈！讲真的，我们并不介意你们当时的行为。嵇康舍生取义、杀身成仁让我们觉得安慰，其他人，杨修、孔融、何晏、丁谧、诸葛玄、毌丘俭的血，让这个朝代变得诗意了和光彩了！啊，我向往这个轰轰烈烈的朝代！我期盼着它能重来！（附和声）

山　涛　（悲哀地）何必道出肺腑之言给他们！他们毫无心肝，他们不同情我的处境，也不对嵇康的死感到悲伤……你们这些庸人、俗子、伧夫……帮凶，帮凶！

【但哄笑声愈响。山涛攘臂揎拳，但面对无物之阵，他像个盲人一般不知道该向谁报复。

【幕内，老者的声音：

谁没有亲身经历过，谁就没有资格嘲笑别人！

【笑声暂歇。老者的声音：

都散了吧！“竹林”本就是子虚乌有。去考察“竹林七贤”的生卒年份、交游籍贯，你们便会得出这样的结论：从来没有过竹林之游。嵇康世居山阳，阮籍是陈留人，而山涛是河内人。他们没有机会“全家福”，你们看到的画像是臆造的。“竹林七贤”顶多只是个松散的组织，或者说，这个组织的领导人，从来没有想把这个组织统一在一个严格思想之下。他们当中有为人鄙吝的王戎，有与猪同饮的阮咸，也有汲汲功名的山涛，胆小怕事的阮籍……他们求同存异，没有一种思想凌驾于其他思想之上。嵇康不想强迫阮籍山涛们退隐山林，他们也不要强迫他出仕，或者强迫他活着。他不想让朋友为了他去改变心志，去撒谎去屈膝，去央求哀告自己看不起的人。总之，当他置身于洛阳的刑场上时，他最需要的，不是朋友学豫让漆身吞炭，不是学荆轲刺秦，也不是让朋友跟他一同引颈就戮。

【幕内：

那是什么？

【幕内，老者：是在刑场上坐下来，听他从从容容弹完《广陵散》，然后把酒为他送行。（稍顿）犹如嘉时吉日，良朋毕集，日影溶溶，鸣琴铮铮……这是竹林中再普通不过的一次聚会。

【幕内：

你相信？

你们真的相信？

可想而知，讲这种话的人，异日也会成为卖友求荣之人，他已经为出卖朋友背信弃义准备好说辞了！

看他的年纪，也许他已经出卖过朋友了。

这种人不可以为友！

哈哈哈……

【幕内，老者（心平气和）：

你们相信故事的前半段，就应该相信后半段。就算整段故事都是虚构的，可至少有一件事情是真的。他们编造并讲述这个故事。他们为什么要编造和讲述呢？打碎一切，破坏一切，世界就变好了吗？

【笑声停顿。

【《广陵散》悠然响起。

【在他们的后方，现出专心致志弹琴的嵇康和他的琴。血红的断头台和雪亮的铡刀就在他旁边。

山　涛　从前，有一个人，他和他的朋友住在同一座村庄里。有一天，他去探望朋友，朋友给他讲了一个故事。

阮　籍　从前，有一只鹿和一只龟，它们住在两个世界里。鹿的世界里有巍峨的高山，龟的世界里则有浩瀚的大海。白天龟到鹿的世界里去游览，晚上鹿到龟的世界里去嬉戏。有一天，龟无意中得罪了神灵，神灵要把龟的世界收掉，把龟也消灭得干干净净。龟请求神灵道："请等一等，让我的朋友离开吧，它不属于这个世界。"而鹿却说："不，我愿意留下来，陪着我的朋友一起毁灭。"神灵被它们两个诚挚的友谊感动，不仅没有毁掉龟的世界，还把两个世界合二为一，既有巍峨的高山，也有浩瀚的大海，让两个好朋友无论白天和黑夜都生活在一起。

山　涛　他和朋友正在为这个故事感叹鼓掌时，突然感到脚下一阵摇晃，天地发出一声怒吼。从来没有见过的天空和地面压成一线，海浪般拍打着朝他们逼近。"这是怎么了？"朋友惊慌地问。

阮　籍　"是我的世界要毁灭了，天地合拢是世界消失的征兆。你赶快离开吧！"朋友从容地说。

山　涛　他笑了："不，我要学故事里的鹿，留下来跟你一起。"

阮　籍　"这可不是故事。"朋友很认真地说。"你快走吧，现在走，还来得及。"在朋友说话时，他感到天越来越黑，无数飞沙走石砸得四周砰砰作响。

山　涛　他急了："怎么，咱们俩所处的不是一个世界？我们不是住在同一所村庄里吗？"

阮　籍　"不是。"朋友回答。

山　涛　"那逃到我的世界里去吧！"他请求道。

阮　籍　"不！"朋友拒绝。但他不由分说，抓着朋友的手，慌不择路地想要逃跑。可他感觉到，骇人的砂石是奔朋友而去的，只要同他保持距离，漫天的砂石便不会为难他。

山　涛　是继续抓紧朋友，继续充当朋友的盾牌和甲胄，带着朋友逃出去呢？

山　涛　还是松开朋友的手，先自己逃命要紧呢？

阮　籍　在天地的震荡中，他们连在一起的手变得摇摇晃晃……他不安地思索着——

山　涛　"这只是一个故事，一个考察我和朋友友谊的故事！"

阮　籍　而他的朋友，则后悔讲了这么一个故事。

山　涛　让它是个故事吧，我们可以有许多圆满的结局。

阮　籍　神灵不再发怒，他宽恕了他们，让他们的两个世界合二为一。

山　涛　也有可能，他们并肩携手，离开了芥菜子似的旧世界，齐心协力逃到了一个他们可以安好的世界。

阮　籍　"游心六合、驰骛八荒。"

山　涛　（念）"讲书论道、游戏平林，逍遥一世之上，睥睨天地之间。"

阮　籍　（接念）"不受当时之责，永保生命之期。"

山　涛　（接念）"凌霄汉、出宇宙，岂羡乎入帝王之门哉！"

【琴声从昂扬变得低沉。

阮　籍　当然，故事也可以朝另一个方向反转。

山　涛　事实上，在天崩地陷、乱石当空之际，他感到自己的手脆弱得像根稻草，蜻蜓拍拍翅膀就能把它折断，他感到朋友的手让他无法承受地沉重。

阮　籍　而四周越来越天昏地暗，他分明感到，砂石的攻击愈加猛烈，唯一的出路也要被堵塞了。

山　涛　他的手越来越不坚定、不听使唤，它屡次想甩脱朋友的手，独自去逃生。

阮　籍　朋友似乎也感觉到了他的犹豫，朋友固执地想要抽回手。他们都看清了对方，他们做不成朋友了！

山　涛　让风暴永永远远持续下去吧！宁可犹犹豫豫地手拖着手，也不愿意劫后无颜相见！

阮　籍　时间已经不多了，他看到末日变形的脸，闻到了死亡的气息。

山　涛　于是他在心里说，如果我救得了朋友，就让噩梦早些结束吧！

阮　籍　如果我救不了他，就让攻击来得更猛烈些，让世界早些毁灭吧！

山　涛　仿佛听到他的祈祷似的，一块飞石袭来，“砰”，朋友死了。

阮　籍　朋友死了。

【停顿。

山　涛　如果风暴不是那么铺天盖日，如果它的势头不是那么凶猛。

阮　籍　或者它持续的时间短一点。

山　涛　如果朋友不是那么固执耽误了逃命时间。

阮　籍　如果他肯给我们一点信心的暗示，给我们正面的激励。

山　涛　如果——

阮　籍　如果——

山　涛　如果他能接受我们的道歉——

阮　籍　如果道歉有用——

山　涛　如果——

阮　籍　他应该向我道歉，严重道歉！是他恰到其处地帮助了司马昭，杀死了自己！

【琴声戛然而止。

山　涛　他毁掉了我们的名声！嵇康，你应该，向我们道歉！

【二人潸然泪下。

【琴声复响。

（剧终）

以孩子的名义

（又名《沙特阿拉伯》）

人物

胡小丽 女，街道办事处工作人员，35 岁左右，性格比较风风火火

何　佳 女，律师，胡小丽的大学同学兼闺蜜，35 岁左右，性格比较沉稳

果　果 女，姚洁艺术学校的学生，胡小丽的女儿

李　刚 男，胡小丽的老公，38 岁左右，中学老师

薇　薇 女，姚洁艺术学校的学生，15 岁

薇薇妈 女，薇薇的妈妈，钟点工，40 岁左右

姚　洁 女，姚洁艺术学校的负责人，60 岁左右

于东强 男，姚洁的丈夫，62 岁左右，但看上去比实际年龄年轻很多

警　察 女，45 岁左右

男家长 男，48 岁左右

女家长 女，42 岁左右

姑　娘 女，25 岁左右

同　事 女，35 岁左右，也即“沙特阿拉伯”

其余记者、家长、观众、保安等若干。

第一幕

【薇薇妈家。胡小丽头发湿漉漉的，披着浴袍，正念念有词。

小　丽　（四处鞠躬）谢谢……谢谢……谢谢大家热烈的掌声，谢谢领导给我这么高的荣誉。其实，我只是个普通的街道办事员，我没做什么……我就是经过湖边的时候……看到有个人在里面挣扎，我一看，是比我女儿大不了几岁的女孩子……我是个妈妈，我毫不犹豫地就跳下去了……河水很冷，孩子棉衣棉裤湿了沉甸甸的，简直像拖着一头熊……我觉得我都要沉下去了……快撑不住了，这时，我想起了董存瑞、戚继光……不，是黄继光……（使劲想）雷锋……还有……还有……想起了我是个共产党员……不，我还不是……我马上准备写入党申请书……鼓掌！（鼓掌状）谢谢，谢谢大家！后来，我想起了我的女儿果果，老师今天布置了三张试卷，一张手工小报……我必须得游回去，我必须得活着，否则完不成作业明天要挨老师批评……就这样，我游上了岸……热烈的掌声！

【何佳端姜汤上，见状留步。

小　丽　趁着大家伙高兴，各位领导在场，我想提一提我的女儿果果。她是个可爱的姑娘，爱唱爱跳，取这个名字寓意她的人生硕果累累、收获多多。但是对于学习知识这一块儿，我不知道怎么回事……我不想抱怨老师什么，也许，是我女儿运气不好……反正，知识一从老师嘴里出来，就拍拍翅膀，飞走了，一点儿也进不到她的脑子里……要是再读个不好的学校，我看得到她的未来，考不上大学，找不到工作，不要说硕果累累，连好的结果都没有……就是有一万个董存瑞、黄继光都救不了她，（哭）哇……

【何佳端姜汤上。

何　佳　（诧异）小丽，你干什么呢？

小　丽　练习获奖感言呗。

何　佳　跳水救人的时候，你想的是获奖感言？

小　丽　那会儿顾不上……千钧一发，冷得发抖，脑子都冻僵了……不过这会儿，我暖和过来了，我就在想，我能不能提个小小的要求。

何　佳　要求？

小　丽　给我女儿争取个市重点什么的？我女儿果果要小升初了。

何　佳　你太实用主义了吧！

小　丽　大学的时候，咱俩学的都是法律，毕业的时候，你去了律师事务所。而我呢——

何　佳　你去了你们家的街道办！

小　丽　是的。我看街道办离家近，离幼儿园也不远，接送孩子方便……

何　佳　刚刚大学毕业，你就想到接送孩子了？

小　丽　一切为了孩子，顺便也为人民服务……

何　佳　你也想太远了吧？

小　丽　人无远虑，必有近忧。我只想到接送孩子方便，还没想到提前多买几套学区房。自己用一套，再卖上一套，一辈子吃喝都不愁了！

何　佳　你别给英雄抹黑啦！

小　丽　时代在发展，英雄在进步。（打喷嚏）

何　佳　先喝姜汤吧，英雄！

【小丽接过姜汤，欲喝，放下。

小　丽　何佳，你是律师，你认识的人多，认识不认识教育部门的人？

何　佳　我？我认识的教育界的大人物，就一个——

小　丽　谁？

何　佳　就是你的老公李刚呀！他不就是中学老师吗？读他们学校是不成问题的吧？我记得，你还跟我炫耀过，就凭李刚能让孩子读书，他就顶一套学区房。

小　丽　那只是个一般的区重点，还不是最好的区重点。人外有人，天外有天，除了区重点，还有市重点、省重点，各类重点又分三六九等，重点里面还有重点，没有最重点，只有更重点……

何　佳　这话是谁说的？

小　丽　“沙特阿拉伯”！

何　佳　“沙特阿拉伯”是谁？

小　丽　我隔壁办公室的同事，女的。

【果果自里面探出头来。

果　果　妈妈，你又给人家取外号。

小　丽　又听大人说话！作业写完了？

果　果　你们声音太吵，影响我写作业了。

小　丽　你还有理？

果　果　今天作业好多啊！

何　佳　多，所以要赶快写啊。

果　果　妈妈，薇薇是不是不用写作业？

小　丽　她掉河里了，你又不是不知道！

果　果　今天的作业特别多！早知道我也掉河里了。

小　丽　你进不进去？再胡说我抽你！

果　果　干妈救命！

【何佳拦住小丽，果果逃进屋。

小　丽　你瞧瞧，说她没心眼儿，她也有心眼儿；说她有心眼儿，全是歪心眼儿。

何　佳　这也不怪孩子。上梁不正下梁歪。

小　丽　谁是上梁？

何　佳　还有谁？谁给人家取外号的？当妈的人了，也不改一改。

小　丽　我没法子不给她取，我也不想取。她天天炫耀去过迪拜，把金马桶还有市重点挂在嘴上……（发嗲）何佳佳，你得帮帮我。

何　佳　我怎么帮你？教育部门的人，我一个也不认识。

小　丽　你就想办法去认识啊！

何　佳　想办法？

小　丽　凭你的这张脸蛋……啧啧……那还不是想认识谁就认识谁……

何　佳　胡小丽！

小　丽　来吧，佳佳，别浪费了这张脸，别让我失望……

何　佳　你才让我失望！

小　丽　求你啦！

何　佳　你真拿我当朋友！

小　丽　读大学的时候，十二点以后回宿舍，我都是调虎离山被大爷逮住那个，你是大摇大摆进校门那个，你的优秀毕业生、共产党员里有我的一份……

何　佳　不是因为你在外面狂喝滥饮，烂醉如泥，怕你出事，我会在校外呆到那么晚吗？

小　丽　你是果果的干妈……

何　佳　那就让我去出卖色相？

小　丽　你有那么多前男友……你看看，这是他们的名片，看起来有些已经飞黄腾达，上升势头不错……旧情复燃不算出卖色相吧？

何　佳　有没有搞错？那是前男友，已经分手了！

小　丽　可他们对你念念不忘，我知道的……你一声令下，他们会争先恐后、奋不顾身——

何　佳　胡小丽，再说我跟你翻脸了啊！

小　丽　何佳佳——

何　佳　你再说一个字，就从我家里出去！

小　丽　可我衣服还没干呢！我还穿着浴袍呢！

何　佳　浴袍你也没得穿！（扯浴袍）

小　丽　（尖叫）啊！外面零下十几度，你有没有人性？

何　佳　对你不需要人性！

【二人打闹，警察自内出。

警　察　（抽出随身电棍）干什么你们？住手！

小　丽　我们闹着玩呢……警察同志，薇薇的情况怎么样？

警　察　孩子不愿意讲话。

何　佳　八成吓坏了。

警　察　出警记录只能等孩子情绪稳定一些，改天做了。（欲下，对小丽）对了，你在水里抱孩子的时候，有没有感觉到孩子不配合，拼命挣扎？

小　丽　这个？我不知道，我只顾救人了……

警　察　（心神不宁）奇怪、奇怪……

何　佳　怎么了？

警　察　我刚才问过薇薇妈，她说，薇薇是会游泳的。

何　佳　会游泳的？

警　察　有群众反映，这孩子在落水之前，在湖边坐了很久。她落水的姿势，不是面朝水，而是背对着水。

何　佳　背对着湖水？

警　察　是的。

小　丽　不会吧！一般人知道下面有水，怎么会背对湖，还站得离湖水那么近？

警　察　我也在想……也可能一切是我多想了。警察当久了，难免会……反正幸好孩子没事，多观察，多关心吧！（对小丽）这位同志，谢谢你！（敬礼）

小　丽　不用、不用……（还礼）为人民服务！

警　察　（对何佳）也谢谢你！

【警察下。

小　丽　哎，他怎么走了？我还没问他，我的见义勇为奖怎么领呢！

何　佳　就知道你自己。你没听警察说，薇薇像是自杀？现在的孩子，太令人难以想象了……

小　丽　自杀？那我的见义勇为，会不会被取消掉？

何　佳　又来了！

小　丽　哦……

【果果从房间露出头来。

果　果　妈妈。

小　丽　又是你!

果　果　我知道薇薇为什么跳湖。

小　丽　你?

果　果　今天于伯伯打了薇薇，打的是脸。

小　丽　于伯伯?你是说姚洁的老公于东强?

果　果　是的。

【小丽啪地打了孩子。

何　佳　你为什么打孩子?

小　丽　打她撒谎。

果　果　我没撒谎!

小　丽　姚洁，那是姚洁艺术学校的负责人!德高望重的小提琴家，艺术家，名人，教授!知性，优雅……在她的学校学小提琴的不计其数，排在队列中等待中的更是不计其数，我也是托了好多关系给果果报上名的。你知道姚洁有名到什么地步吗?

何　佳　什么地步?

小　丽　一个女人牛到一定地步的时候，就不再被人称作“女士”，而是被称作“先生”。“姚先生”，甚至称作“公”，“姚公”。你知道吗?彻底实现男女平等。

何　佳　姚洁优秀，不代表于东强就是好人啊。

小　丽　好马配好鞍啊!她挑的老公，会打孩子?

果　果　于伯伯先教薇薇练琴，站在薇薇后面，就这样——(比画)

【何佳和小丽互看一眼。

小　丽　这个姿势，不明觉厉啊!

何　佳　别乱说!

果　果　可薇薇还是拉不好，于伯伯就带她到小练习室了。

何　佳　小练习室是什么？

果　果　小练习室是一个单独的练习室，人只能从里头看外头，站在外头看不到里面。

【何佳和果果对视。

小　丽　（紧张地）你有没有去过小练习室？

果　果　我没有。

小　丽　说实话，妈给你买好吃的。

果　果　真的没有！于伯伯从不叫我去，只叫薇薇去。

小　丽　他叫你去，你也不能去。你去了，妈妈一定会知道的，妈妈很聪明。

果　果　啊？

何　佳　他叫薇薇进去干什么？

果　果　个别辅导吧。反正，薇薇每次出来时，眼睛都是红的。

何　佳　这次呢？

【薇薇妈暗上。

果　果　这次薇薇不愿意去，于老师拉她，薇薇挣扎，还拿起旁边的一件瓷器……于老师甩了薇薇一个耳光。

何　佳　都谁看见了？

果　果　只有我。

小　丽　你不好好拉琴，你怎么知道的？

果　果　我刚好上厕所，厕所就在小练习室旁边。

何　佳　后来呢？

果　果　后来薇薇捂脸，瓷器掉地上了，“咣”地全碎了。

何　佳　啊？后来呢？

果　果　后来姚老师来了，姚老师瞪了于伯伯。我从没见到姚老师这么生气过。

何　佳　那于东强呢？

果　果　于伯伯哼着歌就走了，像没事儿人一样。薇薇一个人把瓷器收拾好了，就趴在桌上哭。一下课，就奔湖边去了。

【何佳和小丽面面相觑。

小　丽　什么情况？

何　佳　像你说的，姚洁艺术学校很难进去，薇薇她们……薇薇她妈只是一个钟点工，她们——

小　丽　中国的家长，为了孩子都挺拼的。连钟点工都不例外……（看见薇薇妈）我不是歧视啊，我就是随口说一说。

【薇薇妈上前。

薇薇妈　果果，于伯伯为什么打薇薇？

果　果　因为她不愿意去小练习室！

薇薇妈　小练习室？

小　丽　（对果果）你别乱说，写作业去！（推果果下）

薇薇妈　何小姐，这究竟得怎么回事，我怎么不太……

【何佳心烦意乱踱步。

【敲门声。

姚　洁　（冲进来）薇薇呢？孩子没事吧？

薇薇妈　姚老师？你怎么找来的？

姚　洁　你跟我说过，你也在这家做钟点工。

薇薇妈　姚老师，发生了什么大事吗？您都亲自过来。

姚　洁　薇薇妈……老于怎么能打孩子呢……

薇薇妈　他打了孩子？为什么？

姚　洁　他真糊涂，他后悔极了……他让我来看看孩子……就算孩子打碎一件瓷器……那是我从埃及带回来的，我大概一辈子也不会再去埃及了……就是那样，也不能打呀！于老师连家里的猫狗都不舍得动一指头……从前过年杀鸡，他从早上拖到晚上，就是下不去手……后来没办法了，一刀下去，剁掉了鸡头，鸡还是扑棱着飞……一只没头的鸡到处飞……他吓坏了，从此，一辈子不吃鸡……

薇薇妈　（放心了）如果就是打碎一样东西，也该打！

姚　洁　东西跟孩子相比，毕竟只是样东西，要是孩子有个三长两短——

薇薇妈　还好孩子没事。是这位胡小姐，救了她……

姚　洁　胡小姐？（抓住胡的手）你是救了薇薇的人，是吧？谢谢你，不然，我俩一辈子都有良心的负担……

【胡小梅激动得不知所措。

姚　洁　太感谢你了，同志！（热情地与小丽握手）您是党员吗？不用说，一定是！

小　丽　还不是……

姚　洁　不是？

小　丽　不过我马上准备写书！

姚　洁　写书？原来您是作家。好，我支持，出书需要多少钱，我们赞助！

小　丽　是写入党申请书。

姚　洁　哦，好、好，好！你还有什么要求？

小　丽　要求？

姚　洁　生活上有什么困难？

小　丽　困难？

姚　洁　您不要客气，只要是我能办到的。

小　丽　什么都可以提？

姚　洁　什么都可以。

小　丽　我女儿小学毕业，成绩不好，想读个好一点的学校……

姚　洁　好办！读什么样的？

小　丽　市重点……行吗？

姚　洁　（掏出一张名片）您拿这个。

小　丽　这个就能读市重点？

姚　洁　您不信？

小　丽　我信、我信……可是……

姚　洁　您犹豫什么？

小　丽　省重点……

姚　洁　省重点啊……那我得下点工夫……（要回来，写上几行字）我再给您写几行字……一般人我不写给她……

小　丽　太好了，太谢谢您了！

姚　洁　是要谢谢您。（递名片，又收回来）不过，这张名片仅限您自己用，千万别丢掉。

小　丽　怎么会呢？

姚　洁　我不是别的意思，我的名片用完了，这是最后一张，我还来不及去印新的……我太忙了……

【小丽答应着，伸手去接名片。

何　佳　等一下！姚老师，您说打薇薇耳光，是因为她打碎了瓷器？

姚　洁　对不起，同志，你是谁？

薇薇妈　她也是好人，和救薇薇的人是好朋友，这是她的家……

姚　洁　哦，幸会，幸会！（热情与之握手）您是哪个单位的？有什么需要我帮助的？

小　丽　帮她找一个男朋友！

姚　洁　好办，我认识妇联的很多人，很多优秀的才俊，您的要求是——

小　丽　学历至少博士以上，身高至少一米八零以上，担任局级以上干部——

何　佳　胡小丽，你的无聊有没有够？

【小丽被惊到，姚洁也是一惊。

薇薇妈　何小姐……姚老师……

何　佳　您爱人为什么带薇薇进小练习室？

姚　洁　小练习室？那是因为薇薇学琴太慢，需要特别辅导。

何　佳　特别辅导就打人吗？

姚　洁　薇薇……薇薇……她不肯好好练琴……

何　佳　可您刚才说，您爱人打薇薇，是因为她打碎了瓷器。您为什么不说真话呢？

姚　洁　我怕薇薇妈批评孩子，薇薇妈对孩子学习要求很严格。

薇薇妈　是啊，何小姐，薇薇以后准备吃音乐这碗饭，老师必须对她要求很严格。

何　佳　恐怕未必吧？

姚　洁　你是谁，你有什么资格盘问我？

何　佳　我东南大学法律系的，独立执业的律师。仅仅是因为不愿意练琴，打了孩子，孩子会选择跳河吗？

姚　洁　啊！

小　丽　佳佳……

薇薇妈　我不明白……

何　佳　刚刚警察同志说，薇薇是在河边坐了很久，他怀疑薇薇是自杀……我怀疑，薇薇不愿意去小练习室，这里头另有隐情。

姚　洁　这是谣言、撒谎……

何　佳　您那么相信您的爱人？

姚　洁　你让我怀疑他？不可能！他带薇薇去小练习室，纯粹是为了练琴。薇薇偷懒，不愿意去。

【薇薇冲出来，这个苍白瘦弱的孩子浑身颤抖着。

【果果打开门，悄悄观察着。

姚　洁　薇薇……我代于伯伯向你道歉，好吗？

薇薇妈　薇薇，你说说，这是怎么回事……

姚　洁　薇薇，于老师是艺术家，有时候控制不住自己的脾气——

【听到"于老师"三个字，薇薇一把抓起桌上的水果刀。

薇薇妈　薇薇！

姚　洁　孩子，快放下，快放下，你会伤到自己的……

薇薇妈　不能，不能！

何　佳　薇薇，别做傻事！

小　丽　（伺机靠近）薇薇，把刀子给阿姨，听话，薇薇，阿姨要吃苹果。

【趁薇薇愣神的工夫，小丽左手攥住薇薇的手腕，右手把刀夺了过来。

【姚洁趁乱离开。

【胡小丽松开刀，她刚才抓的是刀刃，鲜血从她手指上滴下来。

果　果　（惊叫一声）妈妈！

何　佳　你流血了！

小　丽　没事，我皮厚。

何　佳　（心疼地）我给你包扎一下！

薇薇妈　（拧了薇薇一下）你说话呀！你爸去世早，我在外头打工，再苦再难也带着你，让你在城里上学，你还有哪些不知足的？你动刀动枪的，你看你惹这些祸！

何　佳　不能打孩子……

【薇薇抽泣。

何　佳　这事不怪孩子……

薇薇妈　到底怎么回事？

何　佳　薇薇，你有什么话跟我们讲，我们都会帮你！

薇薇妈　到底怎么了？

【薇薇放声大哭，冲回室内。

薇薇妈　薇薇！（跟下）

【何佳随下。

果　果　（由衷地）妈妈，你真伟大，又一次见义勇为！

小　丽　我好像忘了什么东西……对，名片！（摸口袋，想起根本没有拿到名片）姚洁的名片呢？何佳，何佳……

【手机铃响。

果　果　妈妈，沙特阿拉伯要跟你视频！

小　丽　什么沙特阿拉伯？

果　果　上面的联系人姓名显示，就是沙特阿拉伯嘛！

小　丽　（接起电话）喂……

【一位卷发、身材微胖的同事出现在光圈里。

同　事　小丽、小丽，你还好吗？

小　丽　我还好！

同　事　你真勇敢！

小　丽　谢谢！

同　事　我有件事情告诉你！

小　丽　你说吧！

同　事　我儿子准备读复旦师范大学附中。

小　丽　复旦师范大学？没有听说过，我只知道复旦大学。

同　事　你当然不可能知道啦！复旦师范大学，同复旦师范大学附中都是只面向少数学生招生的学校。这不是你这种级别应该知道的事。

小　丽　不会吧！复旦师范大学听起来像“复旦吃饭大学”，远远没有“复旦大学”牛气。

同　事　实话告诉你吧，什么北大、清华、复旦统统只是幌子，中国政府在下个世纪真正要建成的一流大学、跟国际接轨的，只有一所、唯一一所，那就是复旦师范大学！

小　丽　啊？

同　事　（出示一表格）给你开开眼吧！这是复旦师范大学附属中学的特长生推荐表，（低声）蓝色的！

小　丽　蓝色的？

同　事　你这都不知道？你这种家长，在升学市场上怎么有竞争力哟！特长生推荐表格有橙色、红色、蓝色等不同颜色，橙色基本不管用，红色不怎么管用，蓝色是优先级最高的，懂吗？

小　丽　你不是要读市重点吗？

同　事　本来我是想就这样将就将就算了。但是，人外有人，天外有天，除了区重点，还有市重点、省重点，各类重点又分三六九等，重点里面还有重点，没有最重点，只有更重点……而且，架不住有贵人相助啊！

小　丽　我靠！

同　事　你骂人？

小　丽　不是不是，你这个贵人是谁呀？

同　事　你听我慢慢说呀！我在迪拜有金马桶的酒店里，遇到一个旅客。我们闲聊中发现，我们都对金马桶这个话题很感兴趣！金马桶是会减轻便秘，还是会加重便秘症状？面对金马桶，男生是不是特别小心不把小便滋在马桶沿儿上。清洁工在清洁马桶时会不会充满积极性？会不会有小偷假扮清洁工，左手马桶刷，右手切割枪，偷一块马桶回去……

小　丽　沙沙，别说马桶了，快说贵人！

同　事　哦，对，贵人。贵人回来后，我们也继续保持联系。那天一打电话，他听说我女儿读的才是区重点，马上说，"哎呀呀，你是去迪拜见过金马桶的人，让孩子读区重点，太跌价了，你连马桶都对不起！"当下，三下五除二一打电话，我女儿就到了省重点……

小　丽　有这种事？

同　事　所以小丽，你要努力，努力！

小　丽　我……（一激动，不小心碰到伤口，痛苦地）哎呀……

同　事　小丽，你怎么啦？怎么啦？

果　果　妈妈……

【收光。

第二幕

【姚洁艺术学校门口。

【小丽追警察上。

小　丽　警察同志！

警　察　你这个同志，老追我干吗？马路上的人都在看了，我要值勤呢！

小　丽　（指自己）我，我！

警　察　你？

小　丽　我！（比画游泳救人的姿势）

警　察　你？是见义勇为的是吧？（想起来）哦，我们已经留了你的地址，到时候，居委会把见义勇为证书送到家里的。

小　丽　送到家里？

警　察　是啊。

小　丽　不开大会？

警　察　开会？开什么会？

小　丽　戴大红花，拍照合影，领导讲话，记者采访，群众鼓掌……

警　察　目前没有这样的安排。

小　丽　没有？

警　察　是的。

小　丽　可我已经准备了！

警　察　准备什么？

小　丽　获奖感言。

警　察　获奖感言？

小　丽　讲述我成为一位英雄人物的心路历程，以及我的一点点小要求——

警　察　要求？你还提要求？

小　丽　不，也不算要求……是一位母亲的渴望——

警　察　同志，您这样的英雄人物，我可是头一次见。

小　丽　（羞涩地）是吗？

警　察　据我所知，开不开大会，不取决于您有没有准备获奖感言，而是——

小　丽　（紧张地）而是什么？

警　察　领导上有没有空。

小　丽　我不需要市长，副市长就行……我们副市长有八个呢……

警　察　每位领导都有具体分工，您以为他们是吃干饭的？

小　丽　那局长，教育局长就行，他就能解决我的问题……

警　察　行了，同志。这个我决定不了。

小　丽　那您跟上级汇报呀。

警　察　汇报什么？报告所长，这儿有个见义勇为的人，她要求给她开大会，戴大红花，领导讲话，她还要发表获奖感言……给自己的女儿安排学校……同志，您是不是奥斯卡颁奖看多了？

小　丽　可是……

警　察　没有什么可是。如果家长见义勇为，就能给子女安排好学校的话，想想中国的家长会做什么？他们会不上班不工作不休息，不吃饭不睡觉不刷朋友圈来抓小偷的，全家出动，甚至发动邻居，同学、同事，在微信群发红包，悬赏哪里有小偷。

小　丽　这不好吗？他们抓小偷，警察就能歇着了——我的意思是说，你们短暂地休息休息，不是让你们下岗。

警　察　哪有那么多小偷可抓？这些家长会花钱雇小偷来抓，请职业演员扮演，有可能亲戚朋友都假装是小偷！中国的家长，我们知道的，都是很拼的。他们会为了抓小偷打起来的！我们警察休息？做梦！搞不好会更加忙碌。（下）

小　丽　喂，喂……（追下）

【幕内：

保　安　干吗的干吗的？

何　佳　这是记者，我们是来采访的，采访姚洁老师。

记　者　是啊，我是来采访的记者。

保　安　去去去，姚老师说了，一概不接受采访！

【记者和何佳被保安推搡着上。

【姚洁上。

姚　洁　住手！

保　安　（赶紧松手）姚老师，这不按您说的，我正……

姚　洁　这么多家长盯着呢，推推搡搡多难看！你去吧，我知道了。

【保安下。

记　者　您是姚老师吧？我们是《救世日报》的。

姚　洁　《救世日报》？

记　者　拯救世界日报。

姚　洁　我听成找事儿日报了。

记　者　想就最近一些家长关心的问题，关于您先生的传闻，请您澄清一下……

姚　洁　您好您好！我能看下您的记者证吗？

记　者　给您。我姓高名明。

姚　洁　（面带笑容）请您稍等下好吗？我有个电话要接。

记　者　好的，好的。

姚　洁　（走至一边，拨电话）喂，《救世日报》吗？找你们主编……赵胖子，有个高明是不是你们报社的？你怎么招呼都不打，就把他派到我这儿来了……少说对不起，限你一分钟之内叫他回去！（挂电话）

【姚洁满面笑容地走回来。

姚　洁　高记者，请问，您有什么问题？

何　佳　我们到您办公室去谈？

姚　洁　也好，不过我只有两三分钟。（下）

【记者电话响。

记　者　（接电话）赵主编……是我……我采访呢。什么？开会？回去？我好不容易才约到……好吧，我吃不了，我也不想兜着走……我知道了，我还是回来吧。（挂电话，对何佳）社里有急事。对不起，我先走一步。（下）

【何佳追记者下。

【小丽带着果果上。

小　丽　今天琴弹得怎么样？

果　果　不会。

小　丽　你呀！学啥啥不会！

果　果　妈，妈亲！

小　丽　（亲果果一下）不会还这么高兴！

果　果　今天有同学说，救薇薇的是位叔叔，也有的说是位伯伯，我说，No，是我妈，我亲妈，妈亲！

小　丽　我给你的手表呢？

果　果　我嫌弹琴碍事，搁书包里了。

小　丽　快拿出来戴上！搁在包里，遇到紧急事件，你怎么跟我联系？

果　果　妈妈，什么是紧急事件？

小　丽　不要跟于东强单独在一起，如果他叫你，你千万不要去。

果　果　如果他批评我呢？

小　丽　你就摁手表的这个键，打电话给妈。还有，这个手表可以录音，你不要乱摁啊。

果　果　妈妈，你为什么让我躲着于老师？他是不是对薇薇做了很坏的事？

小　丽　这个你不要管！大人不说的，小孩子不要多问！

果　果　好吧，妈妈。

【李刚跑上。

李　刚　小丽，果果！

果　果　爸爸！

小　丽　你怎么来了？

李　刚　我要跟你说孩子上学的事。

小　丽　你电话我呀，何必跑过来呢？就像没手机一样。

李　刚　发短信不是要钱嘛。

小　丽　你发微信呀！

李　刚　微信也要流量。

小　丽　你跑过来还磨鞋底呢！

李　刚　我学校离这里又不远，我就想……

小　丽　你快说，上学的事怎么样了？

李　刚　黄了！

小　丽　黄了？

李　刚　小丽，别生气，你打我、骂我吧！我亲自跑过来告诉你，就是为了让你发泄的。

果　果　咱们回家吧，爸爸！

李　刚　不、不回家，回家邻居就都知道了，这儿的人反正不认识，你妈打我也没关系……

小　丽　我打你有用吗？先扶我坐下！

【李刚扶小丽在长椅上坐下。

小　丽　你是不是搞错了？不是说，本校老师可以就读本校的吗？

李　刚　今年政策变了。

小　丽　什么政策？什么时候的？

李　刚　鉴于重点中学资源紧张，老师子女的照顾政策一律取消，全部按户口所在地重新入学。市教委昨天晚上 12 点发的。

小　丽　半夜 12 点？

李　刚　那会儿大家都在睡觉。政策 12 点出台，12 点就执行。

小　丽　一点过渡都没有？

李　刚　没有过渡，说是为了防止有人提前行动……

小　丽　那他们现在认什么？

李　刚　他们只认户口对口的学区房啦……

小　丽　难怪上半年学区房涨疯了！我不信教育局长就没有亲戚，亲戚家里就没有孩子，他们没有提前买房子！查一查，上半年突击买房子的人，家里有没有是当官的，消息是怎么走漏的……（哭）

李　刚　上头也是没有办法，孩子一年年生，重点学校就那么几个……

小　丽　我只有一个孩子！

果　果　妈妈，别哭，你是英雄……

小　丽　去他的英雄，英雄能给你加分儿？

李　刚　救人不是为了自己拿到好处……

小　丽　去你的大道理！滚！

李　刚　小丽……

小　丽　滚！

李　刚　（看表）我好像是必须得滚了……果果，好好陪陪你妈。

小　丽　你去哪儿？

李　刚　快六点了，我要去学校看自习。

小　丽　还要看自习？等等，不是不让补课吗？一节课给多少钱？

李　刚　没有钱，这不是补课，这是奉献。

小　丽　奉献？

李　刚　也是新出的政策，半夜12点的。

小　丽　没有过渡？

李　刚　没有。所有老师下课后必须在学校待着，辅导学生答疑，有专人检查的。

小　丽　他们把你们的孩子往外一推，关门不管，还有脸让你们奉献？

李　刚　校长也没办法，一群同事围着他吵半天了。有些老师认为，大概是中小学招生新政出来后，怕大家去闹事，所以想办法把大家都困在单位里。

小　丽　你呀，你真是白叫李刚了！你不会罢课呀？妈的，老子辛辛苦苦在前线干革命，他们在后方盘算着断老子的后路，他们太坏了！先前说老师可以读，咱们才不买房的，要不咱们也去买了呀！到跟前了，又说老师子女也不行，斩其外援、断其后路……对待敌军，他也不能这样啊！

果　果　我饿了。

李　刚　带孩子回家吧。

果　果　不，我不跟妈妈回去，妈妈回去要发脾气，要打我的。

李　刚　（叹气）我带你买肯德基吧。买好，你再回来。

【李刚带果果下。

【小丽垂头丧气。

【一打扮入时的女子上，双方同时惊讶。

同　事　小丽？你在这儿做什么？

小　丽　接孩子，我家果果在姚洁艺术学校学拉小提琴。

同　事　（后退，吃惊）在姚洁？你不知道这家学校出事啦？

小　丽　出什么事了？

同　事　性骚扰，姚洁老公，家长都悄悄传开了！（四处张望）那孩子来了吗？长什么样？你见过吗？

小　丽　哪个孩子？

同　事　就是那个被骚扰的孩子啊！她脸蛋长得还不错吧？是不是发育得比较好？有些女生，就是发育得太好，所以老师才——

小　丽　（跳起来）你这是什么话！

同　事　怎么啦？我只是脑补一下，会不会你情我愿，互相交换……

小　丽　你太卑鄙了！出了事，不谴责该死的于东强，还责怪孩子？

同　事　我就说了句实话啊，我还听说，孩子父母没什么文化，一定没有教育过她们防范——

小　丽　你再这样说话，我跟你断交！

同　事　你怎么啦今天？你平时不也……哦，救了人，变英雄了，思想境界一下子提高了，是不是？告诉你，我儿子可是读复旦师范大学附中的。

小　丽　（突然明白过来）对不起，对不起……我讲错话了，沙沙……你的孩子读重点中的重点了，可不可以把你原来房子对口的市重点让给我？

同　事　你们家不是要去孩子爸爸的学校读吗？

小　丽　那事黄了，改政策了。

同　事　啊？你老公是老师，还搞不定一个读书名额？

小　丽　求求你，我一点办法都没有了！

同　事　不行，学区房要对户口本的，办不了。

小　丽　那你认识的那个贵人，可不可以帮我——

同　事　帮你？太晚了……

小　丽　不晚，不晚！我们俩最要好，帮忙问一声，成不成……

【果果抱着汉堡跑过来。

果　果　妈妈、妈妈……这是爸爸带给你的。

同　事　哟，这是你女儿吧？好乖哟。

小　丽　快叫阿姨！

果　果　阿姨好。

同　事　真乖！叫什么呀？

果　果　我叫果果。阿姨，你吃薯条，别客气。

同　事　（笑）真是好孩子！小丽你还能生出这么好的孩子来。

小　丽　（有点不悦，但没表现出来）是好乖个孩子，要是去读三流中学，那就可惜了！

同　事　我在迪拜住的酒店，就是有金马桶那个，放手纸的盒子也是金的，上面有个长翅膀的小天使，圆圆的脸，就像是果果！

小　丽　是吗？

果　果　金马桶？

同　事　（对果果）还记得我吗？知道我是谁吗？你满月的时候，我就见过你啦！

果　果　知道！

同　事　哟，满月就记事儿啊？那你说我是谁？

果　果　你是“沙特阿拉伯”。

小　丽　果果！

同　事　啊！

果　果　你一说金马桶，我就知道你是“沙特阿拉伯”。

同　事　好呀，胡小丽，你就这样教育孩子，在她面前诋毁同事……哼，只能上三流学校，找三流工作，建立三流家庭，使用三流手机电脑，坐三流航空的三等座位，总之，度过三流的充满遗憾的人生！（扬长而去）

小　丽　（瞪着果果）都是你惹得好事！

果　果　妈妈，我不想要三流，她为什么都说我是三流的……

小　丽　别哭了，烦死了，就知道哭哭哭！数到三，给我闭嘴！一，二……（果果还在哭）二点五，二点六，二点七……（果果哭）我马上数到三，我马上……（大喊一声）三！（果果的哭声戛然而止）

果　果　（抽泣着）妈妈，我饿……妈妈吃汉堡！

小　丽　你吃吧，吃吧，现在吃汉堡，长大啃窝窝头，窝头也没得啃。

果　果　为什么？

小　丽　因为，一切都是三流的。

果　果　我不要三流的，我不要……（又哭）

小　丽　别哭啦，乖，妈妈给你一流的汉堡！来，吃饱再哭吧！

【果果吃汉堡，打个饱嗝。

小　丽　慢点吃，喝口水。

果　果　谢谢妈妈，妈亲……（仰起脸，要小丽亲）

小　丽　（亲一口，又气又爱，喃喃自语）三流……一流……

【姚洁匆上。

【保安跟在后面。

保　安　姚老师，姚老师，那个律师走啦！

姚　洁　走啦？（以手抚胸）幸好走了，被她折腾坏了。

果　果　（紧张地）是姚老师。

小　丽　姚老师？

姚　洁　（回头，对果果）你好！（看见小丽）哼！（欲下）

小　丽　姚老师……姚先生……姚公！

【越喊姚洁走得越快，小丽拦，姚洁推开她。

小　丽　（对果果）你在这儿等着！（追下）

【于东强上，若有所思地看着小丽。

于东强　（对果果）你是果果吧？

果　果　于伯伯！（想跑）

于东强　站住，跑什么！过来！

果　果　我不过去，你再喊我，我就喊我妈了。

于东强　（笑）还挺机灵，你跟你妈说什么呀？说于伯伯喊我？于伯伯只是想问问你……

果　果　问我什么？

于东强　你见过薇薇没？她这几天没来上课，你知道为什么吗？

果　果　你不知道？不就因为你带薇薇上小课，姚老师打她了——

于东强　你闭嘴，你怎么知道！

果　果　我上厕所时看到了。

于东强　原来是你传出去的？（逼近）

果　果　你干什么？我要喊了——

于东强　你最想要什么？

果　果　我什么都不想要。

于东强　想不想要芭比娃娃？这么大个的，跟圣诞树一样。想要，于老师买给你。

果　果　我妈不让我要你的东西。

于东强　你不告诉她，她怎么会知道？

果　果　我妈会知道的，我妈可聪明了。

于东强　我保证她不会知道，这是我俩的秘密。

果　果　我妈说，我不能跟任何人有秘密！

于东强　你妈在骗你，妈妈说的话，不一定都是真的。

果　果　我妈让我离你远点儿！你再来，我就喊了，我真喊了——

【幕内小丽的央告声：姚老师，姚公，我就跟您说一句话，耽误您一分钟……

【于东强果断闪到一边。

【小丽和姚洁上。

姚　洁　你这个家长真有意思，你追着我干什么？

小　丽　您不记得我啦？我是胡小丽！

姚　洁　胡小丽是什么鬼？

小　丽　我是您“良心的负担”，（模拟游泳）我救了薇薇——

姚　洁　你没救她更好！

小　丽　啊？

姚　洁　（看到果果，不满意地）怎么有孩子在这儿？大人之间的谈话，不要影响孩子。

小　丽　（对果果）你去旁边玩一会儿。

【果果下。

【于东强在她们说话过程中，也悄悄下。

小　丽　姚公——

姚　洁　你叫我什么？

小　丽　姚公啊，这是对像您这样精英成功女性的最好称呼。

姚　洁　什么乱七八糟，男女都不分！你还是叫我姚老师。

小　丽　姚老师，您那天说给我一张名片，可您后来没有给我——您看——

姚　洁　（打量小丽）哦，名片啊？我有的是，可就是不能给你。

小　丽　姚老师！我非常需要这张名片，我刚刚知道，我孩子连区重点都没得上，只能上最普通的菜场小学……这个孩子智商本来就三流，再读了三流学校，她以后一切都是三流的……您当时要给我的，就是被何佳给搅了……您不能说话不算话呀。

姚　洁　我是想帮助你，看你可怜，可你那个朋友，叫什么何佳的，她干了什么呀？她四处散播谣言，严重干扰了我们的教学秩序。

小　丽　我跟她不是一伙的，我们早分开了！

姚　洁　骗谁呀？

小　丽　（举手发誓）我马上跟她断交，我保证！

姚　洁　她还煽动不明真相的群众搞退学，但怎么样？他们退了，等着上的人大把的是。我姚洁办这个培训班不是为了赚钱！我是为了广大家长的福利！今天的招生政策你们知道不知道？啊？除非你有学区房，否则，你就得有证！这小提琴证，可是证中之证，考级中的战斗机；一证在手，重点不愁。我的音乐学校，就有直接颁证的资格。所以，你们明白了，这些谣言是怎么来的！是那些唯利是图的培训机构，他们制造谣言，想把我们搞垮！一些别有用心的家长混淆是非，鼓动别人家的孩子不来学琴，他们就少了竞争对手！

小　丽　您说得太对了！没准就是那些培训机构干的！

姚　洁　你那个朋友不负责任地胡说，严重影响了我的家庭和声誉！还好，大多数人都是相信我们，唾弃她的！

小　丽　我也唾弃她！您看，您是不是帮助帮助——

姚　洁　别耍小聪明，没用！（起身走开）

小　丽　（望着姚洁背影）呸！

【她懊丧地站起来。

【于东强上。

于东强　果果妈。

小　丽　你？（意识到什么）果果呢？果果！

于东强　别紧张。我有样东西给你。（出示一张表）

小　丽　你走开！

于东强　跟我老婆做生意，不如跟我，她死脑筋。

小　丽　滚！

于东强　不看一眼就走吗？这是一张推荐表。外面的人只知道，我们有发小提琴等级证书的资格，可他们不知道，我们可以直接向重点中学推荐人才。

小　丽　啊？

于东强　条件只有一个，你懂的。

小　丽　你做梦去吧！

于东强　（笑笑，扔下表格）表格就放这里了。（下）

【小丽想走开，又不由自主被表格吸引住。她走过去。

小　丽　（惊奇地）蓝色的？（捡起表格）哎，还真是蓝色的！

【果果默默地看着。

果　果　妈妈！

小　丽　你？吓我一跳。

果　果　你捡别人的东西。

小　丽　别瞎说。

果　果　是于伯伯的东西。

小　丽　别乱说！（捂孩子的嘴）

【何佳上。

何　佳　小丽！

小　丽　（低声对果果）我们走……

何　佳　（走过来）这几天你干吗去了？电话不接，微信不回，本来我还想找你帮忙！

小　丽　帮什么忙？

何　佳　薇薇的事，果果的话会是很好的证据！

小　丽　能不能不把果果牵扯进来？

何　佳　果果也在这儿读书！

小　丽　正是因为在读书，我才不希望！

何　佳　我不能理解。

小　丽　人人希望自己孩子读书的学校，是个好学校。

何　佳　我正在帮助把它变成好学校啊！

何　佳　这就是工作困难的地方所在，你们这些家长——

小　丽　多咱你成了家长，你就明白了。（带果果下）

【于东强上。

于东强　何女士，你是太久没有结婚，经历多次恋爱失败，所以对男女关系有了变态想象吧？你看看马路上，这一对，女的追男的……还有那一对，男的追女的……你想象我，一个六十岁的老头，去骚扰人家小姑娘……

何　佳　为什么要去小练习室呢？你这种躲躲避避的态度，就说明了问题！

于东强　（刷地甩出一沓照片）这是我教过的学生的照片。

【何佳看照片。

于东强　你可以看看，比她漂亮有气质的多得是！我是看她可怜，才收她学小提琴。她自卑、胆小，为了帮助她、让她自信，我才偶尔拍拍她的脑袋、拍拍她的脸，完全是长辈对晚辈的慈爱。我对她能有什么非分之想？骨瘦如柴，面黄肌瘦！

何　佳　我没见过任何一个老师，保留学生的艺术照的。

于东强　什么意思？

何　佳　这些照片，全是女孩子穿芭蕾舞裙展示身体柔软程度的照片，我不知道，专门收集这样的照片，是不是意味着什么……（收照片）我要带走照片，心理医生会分析你的！

于东强　（以不属于老年人的敏捷抢回来）不！

何　佳　哈哈，其实我根本没有这样做的打算，我只是试探试探你。你的举动暴露了，你绝对不清白。

【胡小丽暗上。

于东强　（愣，片刻，迅速把照片甩到桌上）随你去查，我可以把她们的电话、现在住址提供给你，你去查，看你能查出什么来！

【二人对峙。

何　佳　（一把抓过来）这可是你说的，我不会放弃任何一条线索！

于东强　你——（强作镇定）你去，你去，我保证，她们只会说我的好话，感谢我！

何　佳　你——

于东强　这个世界，何小姐，你需要好好理解理解。别的不说，你不是搞家长请愿，要先关闭我的学校吗？你们前脚刚从教育局离开，后脚就去了另一批家长！他们态度更激烈，强烈反对关闭我们学校，因为，他们的孩子马上要进行音乐考级，他们不希望受到影响！

【切光。

第三幕

【当天稍晚些时候。

【仍然是何佳家。

【薇薇妈带饭盒上，正要敲门。

【姚洁上。

姚　洁　薇薇妈！

薇薇妈　是你？

姚　洁　你不接电话，我只好找过来。

薇薇妈　你还有脸来？你走，你走！

姚　洁　（慌忙摆手）别喊，别喊！让姓何的听到，我们就讲不成话了。

薇薇妈　你还要讲什么，你走！

姚　洁　薇薇妈，你一句话不肯听我说，难道是要让我给你跪下吗？

薇薇妈　你……

姚　洁　薇薇妈，我比你还要大上十几岁，看在年龄分上，容我讲句话好不好？

【薇薇妈不语。

姚　洁　老于真的没对薇薇做什么，如果他做了，我头一个不会放过他！

薇薇妈　你有什么跟律师说，不要跟我说。（欲下）

姚　洁　不说老于。单说我，我对你们娘俩怎么样？我是掏心肝对你们好。不收学费，还教她文化课。我去国外旅游讲学，哪一回不给薇薇带礼物回来？我是真心把薇薇当女儿，薇薇但凡漂亮点的衣服，哪件不是我买的？

薇薇妈　我现在才知道，你们给孩子买衣服没安好心！

姚　洁　我怎么没安好心？我那儿的孩子都是有钱人家的，穿得漂漂亮亮的，我怕薇薇自卑！（稍顿）你在我家里做钟点工，别人给你一个小时30，我一个小时给你100——

薇薇妈　我、我……我全都还给你！

姚　洁　我不是为了要你还。你想想，在这个城市里，除了我，谁还对你母女这样好过？逢年过节，我都邀请你和薇薇到家里来吃饭。

薇薇妈　我也——

姚　洁　你回乡下老家，也带特产给我。我们以前不能说情同姐妹，起码关系融洽吗？

【薇薇妈不语。

姚　洁　我还跟你说过，薇薇文化课成绩不是特别好，考普通大学吃亏，将来最好读音乐学院，好就业，也容易找对象……我是不是都说过？

薇薇妈　都怪姓于的，我恨不得宰了他……

姚　洁　如果杀了他，能保住薇薇的名声，我支持你宰了他！

薇薇妈　啊？

姚　洁　我们凡事先替薇薇想想。外面传得风言风语，对薇薇有什么好处？女孩子家，名声最重要。我们都是过来人，要三思而后行，不要听信外人的话，伤了自己的孩子！

薇薇妈　我伤自己的孩子？是你伤害我的孩子！

姚　洁　你带孩子去做检查了吗？

薇薇妈　检查？

姚　洁　妇科检查……

薇薇妈　薇薇是个 15 岁的孩子，我带她去做这种检查，我怎么跟医生开口，以后她的脸还往哪儿搁？

姚　洁　这就对了。

薇薇妈　对什么？

姚　洁　你还没有糊涂，没有被那个律师给弄昏头！

薇薇妈　你们逼我到一定程度，我会带薇薇去做的！

姚　洁　谁逼你？我？老于？我们都没有，我们都在想着息事宁人，为孩子好。是那个律师，她有她自己的目的，律师没有不盼着打官司的，她要关注度，明白吗？我好心提醒你一句，别让薇薇被人利用。如果你真的要做检查，可以告诉我，我有个好朋友是妇科医生，我们不用挂号，就私下里看一看——我是不相信有什么的，我只是让你放心。（看表）好了，我走了。

薇薇妈　你——

姚　洁　你有什么要求，都可以跟我提。记住，要保护好孩子。（下）

【何佳闻声前来开门。

何　佳　薇薇妈？你刚才在跟谁说话？

薇薇妈　姚洁。

何　佳　你不要跟她说话，有事让她找我！她跟你说什么？是不是道歉？

薇薇妈　（没有回答）何律师，我想问您一个问题，您一定要实话回答我。

何　佳　您说。

薇薇妈 这件事，对薇薇以后会不会有影响？

何　佳 我已经联系了妇联的朋友，他们会给薇薇心理辅导。

薇薇妈 我不是说这个，我是说，孩子还能正常上学吗？上学的时候，会不会被同学讲闲话，会不会指指点点……

何　佳 薇薇妈，重要的是让坏人得到惩罚。

薇薇妈 将来打官司，是不是还要登报，还要在法院门口贴出来？

何　佳 涉及未成年人，我们可以申请隐私保护。

薇薇妈 于东强这个该死的东西……我们在这儿无亲无故，在出这件事前，姚老师就是我们在这儿认识的唯一的人。姚老师跟我说过，薇薇脑瓜不算聪明，就是拉琴有一点点小天赋，送薇薇读音乐附中，考音乐学院，以后就吃小提琴这碗饭……现在，全落空了，落空了！

何　佳 她的丈夫伤害了薇薇，我们还不确定，姚洁是不是知情。

薇薇妈 世上没有不透风的墙！一块儿学琴的学生、家长，总有知道的吧？这几天，请我做钟点工的人家突然多了起来，我一看，都是薇薇同学的爸爸妈妈……

何　佳 他们没有恶意吧。

薇薇妈 谁知道他们什么居心。我去了，他们问长问短，话里话外，让我怎么说？（举起手中饭盒）今天这碗豆腐脑，是我在同乡那儿买的。一碗两块五，他今天非要少收我五毛。是不是他们知道了……所以同情我……

何　佳 你想多了吧？

薇薇妈 不、不，这绝不是我疑心。平时他们都会问薇薇，但偏偏这次没有问，他们一定听到了风言风语……要是传到爷爷、奶奶那里，这……这……会出人命的……

何　佳 薇薇妈，你先镇定一下，啊？

【警察上。

何　佳　警察同志……怎么样？薇薇说什么了没有？

警　察　（摇头）没有，什么也没有。

何　佳　啊？

薇薇妈　那是不是没事？我们想严重了？

警　察　我不这样认为，我认为情况比我们想象的要严重。

何　佳　为什么？

警　察　从心理学上来说，孩子在受到强烈刺激之后，会短暂地失去记忆，一方面不愿意回想，另一方面是选故意选择回避。如果这个时候，我们反复不断提醒，病人就会变得情绪激动，甚至崩溃，会有扇自己耳光，拿头撞墙的自残行为。

薇薇妈　如果事情属实，他……于东强……会受到什么惩罚？

警　察　行为人与不满十四周岁的幼女发生关系，犯罪情节一般的，处三年以上十年以下有期徒刑。

薇薇妈　才三年以上，十年以下？

警　察　薇薇年满 15 岁，不是幼女了。如果仅仅是猥亵，责罚还要轻……

薇薇妈　这、这……

何　佳　为什么这么轻？

警　察　这就是法律。15 岁，不算是小孩子，有些事情，她应该懂得对还是不对。

薇薇妈　这是不是意味着，她知道对方在做什么，她没有反抗……也没有告诉我？

警　察　一味责怪孩子是不公平的！犯罪分子是老师，人生经验和社会阅历都比她丰富，他肯定威胁过孩子，不许孩子告诉家长！况且，发生任何受到损害的行为，孩子也会自己感到羞愧，忍气吞声不敢声张。

何　佳　孩子跟您说，不想去学琴的时候，其实已经有了端倪。

薇薇妈　她为什么不明白跟我说呢？我以为她是偷懒，不想学琴……

警　察　不能再责怪孩子，更不能让孩子觉得自己已经不可救药，从而自暴自弃，让犯罪分子有更多的可乘之机！父母的生气、责备，是对孩子的致命一击。

薇薇妈　怪我，全怪我！要是我不出来打工，还带着薇薇在乡下，就不会出这样的事……我自己贪心，想让女儿过好日子，结果反而害了她。事到如今，我一个女的，该怎么办……（捂住脸哭了）

警　察　（对薇薇妈）别哭了，您进去看看孩子，此刻孩子最需要的，是父母的安慰。

【薇薇妈下。

何　佳　这样说来，一点证据也拿不到？

警　察　我担心，让当事人回忆当时的场景，会造成二次伤害。我们可以从侧面了解。对了，你不是说，你朋友的女儿，就是胡小丽的女儿，看见姚洁打薇薇吗？我们倒是可以采信这个。

何　佳　可是，我一直在做她的工作……

警　察　这就是中国家长。他们……

【门铃响，何佳开门，门口站着小丽和果果。

何　佳　小丽？

小　丽　我想了想，还是要主持正义。

何　佳　你太棒了！（对警察）警察同志，她们来了！

警　察　（激动地）您好，感谢您和您女儿的配合。

小　丽　在哪儿问？要问多久？能不能快点儿？

果　果　（躲到小丽身后）妈妈，我怕。

小　丽　别怕！

果　果　对警察不能说假话。

小　丽　当然。真话对大家都有好处，都有好处的才是真话。

果　果　妈妈……

警　察　果果不要怕，只是一些很简单的问题。

小　丽　果果，你要听话，这是警察，一句话都不能说错，知道的就说知道，不清楚的就说不知道。你明白了吗？

【果果点头。

小　丽　好好回答警察的话，妈妈给你买芭比娃娃。

【警察带果果和小丽下。

何　佳　我为拥有你这样的朋友感到骄傲，真的，小丽！今天是我这辈子最伤心最绝望的一天。我去找了一些家长，把薇薇的故事告诉他们，他们很同情，支持我在请愿表上签名，要教育部门调查这件事；可是一扭脸，还是这同一群家长，他们又在姚洁的复课请愿表上签名，说他们前面的签名是迫于情面、没有办法……我真不能明白，到底怎么了？如果他们不愿意，他们拒绝我就是了……

小　丽　因为你不是家长，你是家长的话，你就能明白了。

何　佳　看看我的朋友圈，有孩子的家长，纷纷在圈里晒自己孩子画的画，写的作文，拿到的这奖那奖，这证书那证书……所有的孩子都能唱会跳，能歌善舞，说起话来煞有介事、头头是道，他们能在电视上演讲，能和成年人搭档主持节目……世界上仿佛没有不幸福的孩子，不幸福的孩子都上哪儿了？是不是他们太幸福了，以至于，他们不相信，这世界上还有不幸的事？失去了对不幸最起码的同情心？

小　丽　我看你才是太幸福了。你一路都顶着光环，优秀学生干部，优秀演员，奖学金你都没拿过三等的……你现在突然感慨，真让我觉得好笑。

何　佳　我很幸福吗？以前可能是……但是今天，我的一个前男友，说我太幼稚……

小　丽　前男友？你又跟前男友联系了？

何　佳　（突然羞涩起来）是的……为了薇薇的事，我拼命联系朋友，各行各业，方方面面……我还通过他们找到了教育界的朋友……

小　丽　教育界的朋友？

何　佳　对，海里的朋友都找了！

小　丽　海里的？

何　佳　对，中南海的。我们建了一个群！

小　丽　中南海国务院你都有朋友？

何　佳　是的。是我的一个前男友，他的叔叔的连襟的表兄弟的堂姐的丈夫的邻居……总之，我又重新开始恋爱了！

小　丽　别冲我发嗲！

何　佳　你怎么了？

小　丽　我不关心你的风流韵事。

何　佳　我恋爱怎么是风流韵事？

小　丽　你跟我说你不认识教育界的人，你也不会跟前男友重归于好，我请你帮我女儿的时候。可现在呢？海里的人都出来了！

何　佳　你……果果是锦上添花，而薇薇需要的是雪中送炭！姚洁在教育界很有影响力，我们必须多一手准备！

小　丽　这是你和前男友鬼混的理由和借口吧？

何　佳　小丽……

小　丽　你难道不知道吗？果果没书读了，他爸爸的学校他妈的教育局说不给读了！必须按照户口，我又没买学区房！

何　佳　真的？那我帮你想想办法……

小　丽　不用了！

何　佳　对不起、真对不起……不过小丽，我们建了一个群，所有关心薇薇的朋友们。有了果果的证言，我们会把这件事处理得很好，让于东强受到惩罚……

小　丽　你们还建了群？

何　佳　当然，难道你不知道？现在要做事，先建群吗？

【警察从里屋伸出头来。

警　察　何律师，你来一下。

何　佳　好的。

小　丽　佳佳，我手机没电了，借你手机用一下，成吗？

何　佳　当然可以。

小　丽　开机密码？

何　佳　就是你的生日。

小　丽　我的？

何　佳　怎么样，是不是感动得要死？连你家李刚都要嫉妒。（入内）

【小丽拿起何佳手机，输入自己生日。

小　丽　我靠，还真是我生日！

【她翻出手机微信。

小　丽　还真有个“薇薇事件”群？（发语音）亲爱的群友们，对不起，是我弄错了，因为长期单身，缺乏爱情滋润，我有点儿不太正常。事实上，根本没有薇薇这个孩子，我是嫉妒姚洁教授家庭美满、婚姻幸福，而编造的这一桩事件。请大家在十秒钟之内退群，不然，我将在五秒钟之内解决……哦不……解放……哦，也不是……解散此群。

【薇薇妈带薇薇上。

薇薇妈 薇薇？妈妈带了豆腐脑给你，趁热尝一尝吧？

【薇薇不说话。

薇薇妈 吃一点吧。（替女儿拿勺子）

【薇薇不动，也不说话。

薇薇妈 你不跟别人讲，跟妈妈说，到底于东强对你做了什么？

【薇薇仍然不说话。

薇薇妈 （突然暴怒起来）你十五了……十五了还不懂吗……你……

小　丽 薇薇妈，不能这样说孩子！

薇薇妈 我起早贪黑，忙里忙外，都是为了你！我骑了十几里路电瓶车买吃的给你，你就像块木头一样？（把碗重重掼在台面上，欲哭无泪）你……我还不如没有养过你……

小　丽 （生气了）薇薇妈，怎么能这样说孩子？您是孩子亲妈吗？去里头冷静冷静！（将薇薇妈推入室内）

【小丽自室内出。

小　丽 薇薇……

薇　薇 阿姨……（哭了）

小　丽 （抚其头）不哭，乖，不哭……

薇　薇 阿姨，我该怎么办……于东强威胁我，如果我反抗，不听他的话，他就让我妈没有工作，还找人打我妈妈……

【小丽没有说话，只是抱着她。

薇　薇　大家一直问我，问我……我不知道该怎么说……何阿姨让我跟警察说明情况，妈妈又骂我……我不知道该怎么办！

小　丽　你问我？为什么问我？

薇　薇　因为你救了我！湖边那么多人，只有你跳了下去……

小　丽　我……

薇　薇　还有，我拿刀割自己那次，也是你救了我……你不怕弄伤自己，什么都防护都没有，就空手抓住了刀刃……我觉得，你是最爱我，你是最无私的……

小　丽　我？你觉得我很勇敢是不是？不怕动刀，也不怕血。你知道这是为什么吗？

薇　薇　为什么？

小　丽　我小的时候，我妈妈生了一种奇怪的病，非得吃鱼才能治。但那个年代，缺吃少穿，大家正经粮食都吃不饱，副食品更是少得可怜。我妈妈实在病得受不了了，就去食堂捡人家扔下不要的鱼头、鱼膘、鱼尾巴……有时也带着我去……那不是愉快的经历，苍蝇乱飞，垃圾堆里除了鱼头，还有煤炉渣、烂菜头、叫不出名字的恶心虫子……班里同学跟我说："胡小丽，你妈又在垃圾堆里捡鱼头了。"我跟他们解释说，我妈有病。他们说："是的，你妈确实有病！病得不轻！"

薇　薇　阿姨……

小　丽　一位在街道上班的阿姨知道了我的故事，就带我去她家，我一看，满满一冰箱的鱼……阿姨说："你随便拿呀，都是人家送的，我们家都没有人吃！"

薇　薇　后来，您母亲的病好了吗？

小　丽　好了。可我怕她复发，犯别的毛病，比如，非得吃排骨才能好的病，非得吃牛肉才能好的病，非得吃西洋菜才能好的毛病……

薇　薇　你就是因为这个，到街道上班？

小　丽　我不想让我妈妈去捡鱼头。

薇　薇　哦。

小　丽　（盯着薇薇）我们每个人都有母亲，我们都想让自己的母亲过上好的生活。我们不能只考虑自己，对吗？

薇　薇　对……

小　丽　有些事情，我们想想自己，可以跳河，可以不活……

薇　薇　阿姨，我错了……

小　丽　（抚其头）知道错了就好。以后想想，你还有妈妈，你要是……你妈妈她……

薇　薇　妈妈……

【薇薇妈暗上。

小　丽　薇薇，你的理想是什么？你的理想里，有没有你妈妈？

薇　薇　当然有！我想让妈妈不用起早贪黑去做钟点工，我想让妈妈的手跟其他同学妈妈的手一样，我不想妈妈的手上满是裂口和胶布，我不想让妈妈一天到晚洗洗涮涮……我想早点上班，我想挣钱，挣大钱！

小　丽　那，机会来的时候，你不能放过！

薇　薇　机会？

小　丽　这次，我们不能放过于东强，我们要让他付出代价，沉重的代价！

薇　薇　（疑惑）代价？

小　丽　让妈妈和你过上幸福的生活，有吃有喝，在城市里漂泊没有安全感的日子很难受，是不是？

【何佳和警察上。

警　察　我问了好久，果果说，她什么也不知道。

何　佳　（盯着小丽）这是怎么回事？她亲眼看到于东强打薇薇的。

【小丽没有回答。

何　佳　（继续）姚洁到咱们这儿来过，承认于东强打过薇薇，还把薇薇带到小练习室……这是真的啊！

警　察　何佳同志，我很信任你，不过……今天先到这儿吧！真的假不了，假的也真不了。再见！（下）

【果果出现在门口。

何　佳　果果，你怎么了？你撒谎，干妈不喜欢你了！

果　果　妈妈不让说……妈妈说，我说了，就只能读三流学校……

何　佳　什么？

小　丽　果果！

果　果　妈妈……我讲错话了吗？我还有芭比娃娃吗？

何　佳　我明白了，姚洁答应了果果读书的事，你就帮她劝说薇薇！

【薇薇挣脱开小丽。

小　丽　就算你让于东强坐牢，你能让薇薇回到从前吗？回到不认识他的从前？既然回不去，为什么不做些对大家有利、对自己有利的事呢？

何　佳　实用主义！

小　丽　他六十了，他已经退休了，你能不让他退休？第二遍开除他公职？他的实力在这里。家长还是对他趋之若鹜，他照样吃喝不愁，痛痛快快度过他最后的二十年、三十年。这种事情上，人们原谅男人永远比原谅女人容易。你呢？

（摸薇薇头发）你才十五岁——十五岁，一切刚刚开始，往后有几十年的人生，她求学、求职，结婚，都得背着这个名声。相信我，对于女人，人们不记得你为什么受到侮辱，但记得的是，你是被污辱过的、说不清楚的、有瑕疵的……所以，我们要聪明一点，我们要让他付出代价——

何　佳　胡小丽，你能安静会儿吗？

小　丽　你能帮薇薇找到工作吗？她学了一项阳春白雪的技能，在这个城市里，只有姚洁能够帮到她们。如果她们把于东强给告了，她们还有脸接受她的帮助吗？没有姚洁的帮助，你让薇薇带着小提琴干什么？音乐学院附中能接收她吗？哪个乐团会要她？让她去地铁里拉琴卖唱吗？

何　佳　所以，你教她妥协？

小　丽　这对大家都好。如果我们能够齐心协力，薇薇妈马上就不用做钟点工，薇薇马上有好的学校读，她的职业马上就有保障。

何　佳　这一切都得靠姚洁、于东强夫妇？

小　丽　不靠他们靠谁？要让他们哑口无言，心服口服！

何　佳　你不怕这样的事，发生在果果身上？

小　丽　不会的，我给果果买了可以定位，可以一键拨打电话的电子手表。如果有什么事情，果果可以在第一时间通知我。

何　佳　你……小市民！

小　丽　时间会告诉你，我做的是对的。

何　佳　小市民！

小　丽　我们一家都是小市民。

何　佳　你、你……（手机响，接电话）喂……什么？我发的信息？我心理不健康？我嫉妒姚洁、于东强？一切是我臆想出来的？没有薇薇这个人……我没有说过啊，不是我出尔反尔，是……（对方挂电话）你太过分了！

小　丽　何佳小姐，我和你之间最大的区别，我是解决问题的，而你是制造麻烦的，你巴不得麻烦越大越好。因为你是律师，因为你是单身女人，你渴望关注，特别是男人的关注。

何　佳　（打小丽耳光）我们不是朋友了！

小　丽　我谢谢你。记得改了你的手机密码，不许用我的生日作密码！

何　佳　薇薇妈，不能听小丽的，她是实用主义，是在包庇、纵容，有她自己的私心——我们不一定必须人证，也可以有物证。

薇薇妈　物证？

何　佳　薇薇妈，（为难地）我有句话，一直想对你说，但又不好开口……也许我们可以带薇薇去医院。

薇薇妈　去医院干什么？

何　佳　做妇科检查。

薇薇妈　妇科检查？

何　佳　也许能找到一些证据——

薇　薇　妈妈……

薇薇妈　（厉声）何小姐！

何　佳　薇薇妈，这是将于东强绳之以法的最好办法。

小　丽　你没有做过妈妈，才会出这种主意。

何　佳　薇薇妈，我知道这对孩子很难——

薇薇妈　够了！何小姐，我真不知道你是什么居心……什么时候你结了婚，有了孩子，再把孩子养到这么大，再来谈你的大道理……

小　丽　说得好！

薇薇妈　你也不用多说。最有资格，最能站在薇薇的立场上代表她的，是我，我是她妈。你们都不是。（对薇薇）我们走。

何　佳　你们去哪儿？

小　丽　到我家里去吧？

薇薇妈　这不需要你管！

薇　薇　妈妈……我不想回忆，不想……

薇薇妈　（搂薇薇，抚其头）这件事情，你不愿意去想，那就一辈子不去想。

【薇薇妈手机响。

何　佳　是姚洁！不要接！

【薇薇妈犹豫着。

【切光。

第四幕

【于东强家。于东强西装革履，正对着穿衣镜，整理自己的仪表。他嘴里哼着一支曲子。

【姚洁上。

姚　洁　（气愤地）你还有心情哼歌？你？

于东强　不这样，你让我哪样？哭？（继续照镜子）

姚　洁　我是哭都哭不出来！你没看到我给薇薇妈，那个农村妇女赔小心的样子！我差一点儿就给她跪下了！

于东强　（整理领带）你高姿态一点，是对的。

姚　洁　她还要保送薇薇读音乐学院，还要给薇薇开独奏会，千头万绪，场地、曲目……哪一样不是？我跑前跑后都快崩溃了！

于东强　真出乎我的意料之外，她会主动提出给薇薇开独奏会。

姚　洁　她真拿自个儿当慈禧太后了，我刚刚表现出一点为难——你说我能不为难吗？这都到一月底了，音乐学院附中推荐生二月底开始，三月份公示资格，开演奏会，找推荐人，准备获奖证书……都得在一个半月内完成——我刚刚表示为难，她就说，法庭上见。这还是我当初认识的农村保姆吗？就是看她老实，我才拍板用的她。

于东强　她要求开个演奏会，倒是正中我下怀。

姚　洁　怎么说？

于东强　很简单，演奏会一开，那些流言不攻自灭啊！

姚　洁　人家也许会说，我们在堵她的嘴。

于东强　谁在说？谁敢说？谁敢当着我的面说？

姚　洁　人家不敢当面说，人家背地里说。

于东强　背地里说？让他们说去。

姚　洁　你还有心思打扮……（嫉妒地）这么些年，你的身材倒是一点没走样……她是不是你的私生女？

于东强　谁？她？怎么可能！你这是诬蔑我。

姚　洁　要真是你的私生女也好，我会好好对待她的。

于东强　你再这么说，就跟你翻脸了啊！我绝对不生孩子，生孩子，不仅会损害女人的身材，也会损害男人的身材。

姚　洁　男人的身材？是女人生孩子，又不是男人。

于东强　一样的！孩子会把父母身上的优点悄悄地偷走，他们是小偷！你看看当爸爸的，有几个不是大腹便便的？就是这

样。（仍在镜子前左右顾盼）

姚　洁　四十年了……我比你大三岁，可现在看上去，你一点没变样。

于东强　你挡着我了！

姚　洁　而我……

于东强　哎呀，你能不能不挡我？

姚　洁　你看你，对我没有一点点耐心！

于东强　别把我领带弄皱了……（一面仍看自己镜中的影像）

【有人敲门，送上一篮鲜花。

姚　洁　嗬，独奏会还没开始，玫瑰、百合倒是送来了。现在的女孩子，真不敢小觑！（拿起鲜花上的签名）这么小，都有爱慕者了？还是"——于老师"？（暴怒）这是你送给她的？

于东强　怎么了？老师送花不是很正常吗？

姚　洁　（扯其袖子）你老实交代，你和这个薇薇，到底有没有什么？

于东强　你扯坏我衣服了！

姚　洁　你说，你说！

于东强　你让我说什么？姚教授，你是学音乐的，艺术家，你不要这么保守好不好？你把我当成什么人了？我只是找点感觉、感觉……抱一抱亲一亲……我还在爱，还在追求，说明我就还不老。你放心，土气的乡下丫头，我不会动心的，我只是找点乐子。

姚　洁　狗改不了吃屎！你六十了！

于东强　那没办法，谁让我是个艺术家，天生热爱艺术和自由呢？我需要女性崇拜我，仰慕我，越是上了年纪，我就越需要。

姚　洁　这把年纪，难道还想阴沟里翻船？

于东强　薇薇是个农村孩子，性格内向，她不会说什么。她不说什么，就没有事。

姚　洁　这个叫什么何佳的律师就在外面！她联络家长请愿，又是找记者又是找电视台……

于东强　让她去，自讨没趣。

姚　洁　你是什么意思？

于东强　没人会说的，谁傻啊？姚洁艺术学校，那是一块金字招牌，国家级示范学校，这个学校毕业的学生，谁会砸自己招牌？就算他们愿意砸，也得问问他们的父母、教育主管部门愿不愿意。

姚　洁　要真出了事呢？

于东强　真出事？那是你的事。

姚　洁　无耻！

于东强　谁无耻？姚教授，养兵千日、用兵一时。我们是一体的，你的论文、著作，是谁帮你写的？你的教授头衔怎么来的？你录制的 CD 里，十首曲子有八首是我拉的吧？

姚　洁　我……我……

于东强　女人才华配不上野心的时候，就只好让男人来相助了。你们女人的智商，无论如何也比不上男人。优秀的小提琴家，有几个是女的？

姚　洁　你……你……

于东强　嫌我无耻，找律师协议离婚好了，我不在乎。但你要先想想自己的身份，你是什么人？你的先生应该是什么人？

【姚洁无力地瘫坐在沙发上，她抽了一张面巾纸，无声地哭了起来。

于东强　哭什么？哭能解决问题，我陪你哭好了。

姚　洁　你要我怎么办……

于东强　你自己知道该怎么办。姚教授。（欲下）

姚　洁　你去哪儿？

于东强　我去盯盯小姑娘，那个讨厌的大龄女律师，就交给你了。（下）

何　佳　（上，敲门）姚老师。

姚　洁　你又来干什么？我的家都快被你毁了！

何　佳　姚老师，您是高级知识分子，您应该自己有判断。

姚　洁　我们一起生活了四十年，为了艺术没有要孩子，我们很爱孩子，尤其是女孩子，她们像纯真的花儿一样，我们恨不得把一切都给她们。我们遗嘱都写好了，财产捐赠给女子基金会……（突然警惕地）你是不是在录音？

何　佳　没有。不经过您的许可，我不会这样做。

姚　洁　谢谢您。（擤擤鼻涕，清清喉咙）我们很喜欢孩子，老于也是……他一直想要个女儿，但我们没有……他有点走火入魔，所以有时候，他会对孩子特别是女生有一些亲昵的举动……抱抱她们，摸摸她们的脸……

何　佳　你管这叫走火入魔？

姚　洁　我劝过他，但是……他是个艺术家，艺术家是浪漫的，他们需要情感滋润……哪怕是一厢情愿……

何　佳　你那天在我家里亲口承认，老于打了薇薇，你还撒谎，说老于打她是因为打碎瓷器，事实是，他要带薇薇去小练习室。

姚　洁　我没有说过。

何　佳　你！那你为什么那么着急赶过去？

姚　洁　学生失足落水，作老师的关心学生，不应该吗？

何　佳　我、我……我真恨当时没有录音！

姚　洁　我们要实事求是，不能听风就是雨。何小姐，我建议您也要赶快解决个人问题，没有完整的家庭的人生，是不完整的，容易引起各种心理疾病，您知道吗？

何　佳　这是纵容、包庇！你就不想想孩子们？

姚　洁　他就是喜欢亲一亲，抱一抱孩子们……他早就没有功能了……我们有医生证明……

何　佳　你还在包庇？（举一份材料）这是证据，您先不用看内容，掂在手上，就觉得分量不轻！（递给姚）我相信，您是爱学生的，有些案例，虽然没有写名字，您也知道是谁。

姚　洁　（扫一眼）对不起，独奏会马上就要开始，我没有空陪您闲聊……（踉踉跄跄欲下）

【薇薇上。

姚　洁　薇薇？（止步）

何　佳　薇薇？

【幕内，主持人的声音：许薇薇小提琴独奏会马上就要开始了，请观众朋友们找到座位坐好，关掉您的手机，演出马上开始！

何　佳　薇薇，你可以不站出来，但你不能参加这个独奏会，这等于是在替于东强洗白——小练习室里到底发生了什么？你为什么抗拒去小练习室……

【薇薇妈上。

薇薇妈　于老师没对薇薇做什么。

何　佳　（从包里取出一些文件）根据我最新的调查结果，于东强对孩子们，远不止亲一亲抱一抱这么简单——

薇薇妈 请您不要再说下去！

何　佳 我有证据，（递过去）您可以看一看！

薇薇妈 我不要看！

何　佳 您不敢看！

薇薇妈 也许他对别人做了什么，但对薇薇什么也没有做。我请您听清楚，您听清楚了吗？

何　佳 您——

薇薇妈 参加音乐会，欢迎。我不求您帮忙，只求您不要帮倒忙，好吗？

【薇薇沉默地看着何佳。

何　佳 我昨天晚上一宿没睡，我有一些可怕的猜想、非常可怕……为什么于东强骚扰孩子这么多年没有出事，为什么有的孩子并不出色，却能屡屡获奖，为什么有些家长忍气吞声讲他的好话，为什么他的辅导班人丁兴旺，永远不缺学生，这都在掩盖一个可怕的真相——大家都是共同利益者，大家都是同谋犯！！（出示手中照片）这么多……这么多……但没人愿意站出来，大家都在等别人站出来，正因为如此，于东强才可以逍遥法外……

【薇薇有所触动。

何　佳 薇薇绝不是第一个，也不会是最后一个！（收起资料）我会继续调查下去的，会有人站出来的。

薇薇妈 等一等。

何　佳 怎么？

薇薇妈 我还有句话，不管您调查到什么地步，也不管您调查到谁，都请不要把薇薇牵扯进去，好吗？我还是那句话，薇薇什么伤害也没受到！

何　佳　你们、你们……

【于东强出现在舞台上。

于东强　（声音轻柔又强硬地）薇薇，你不是一直想成为优秀的小提琴手，在你的朋友亲人面前展露下琴技吗？今天是你的机会，你要把握好了。

薇薇妈　薇薇，想想妈妈，想想妈妈！妈妈对你是最好的！

【薇薇走向后台的于东强。

【于东强将小提琴递给薇薇。

【薇薇手持小提琴站在舞台后部。前部站立着于东强、姚洁、何佳、薇薇妈等人。

【薇薇将琴搁在肩膀上，琴弦搁在琴上，轻轻拉了一下，就归于静寂。似乎在想着什么。

【于东强向前一步，好像注视着薇薇。

于东强　这是芬兰作曲家西贝柳斯D小调小提琴协奏曲，这首曲子描绘了千湖之国芬兰的自然景色，是一本奔放的森林之书……鸟儿鸣叫，树声低语，毛毛虫摆脱它的硬壳，舒展着肉乎乎的身体，第一次看到了世界……然而，这是它作为毛毛虫所看到的世界，跟它化为蝴蝶之后看到的世界，是大大不同的，你明白吗？一只毛毛虫，看到的是一片被虫蛀的发黄的叶子，一小截烂掉的树枝，还有丑陋的自己。如果它变成蝴蝶，它能看到大片大片的森林，大片大片的花海，蓝得让人想一头扎进去的蓝天！人们看到它时会说，一只多么美丽的蝴蝶……

【他嘴里哼着旋律，音乐从无到有响起。

【薇薇的眼睛变得有神，她贪婪地倾听着。背景音变得响亮。

于东强　人生需要有耐心。如果毛毛虫没有耐心，它就成不了蝴蝶，它看到的也永远是枯枝、落叶……你要有耐心坚持、等待……

【薇薇不说话，似乎沉浸在乐曲中。

何　佳　（突然冲上前）薇薇！

【乐声戛然而止，薇薇迷茫地抬起头。

于东强　（愤怒地）你干什么？

何　佳　你从精神上控制了这个女孩。像你控制其他孩子一样。你就是用花言巧语，假装关心，伪善的面具，道貌岸然……你心里有病。我明白为什么你坚决不要孩子了，你怕生一个女儿出来，你没有办法面对自己成为爸爸的事实，你不能再在心理上仍幻想自己是个少年，更是因为，你做了伤天害理的事情之后，无法面对你女儿的目光！

薇薇妈　（对何佳）你走开，我不许你毁了我的孩子！（愤怒地推何佳下）

【薇薇缓缓地把琴弓放在琴弦上。当第一个音符响起时，姚洁和于东强松了口气。

【薇薇的音乐如泣如诉，于东强频频点头。

于东强　我们就是爱才，爱才！她的母亲说家庭困难，交不起学费，我说不能埋没了人才，我不收学费。不但不收学费，我还负担起她的文化课教育……小提琴家需要较高的文化素质修养，如果仅仅掌握小提琴的技艺，就算再熟练和精湛，也只是一台拉琴机器，而无法在音乐中注入情感。现在你们听听，这音乐如泣如诉，这说明，演奏者内心丰富细腻的情感被激活了……这是很不容易的事情，一个优秀的老师，教会学生技法并不难，但激活内心的情感却相当不易……

【琴声稍稍中止一下，继续流淌。

【众人或无奈，或兴奋，或呆愣。

【一曲结束，掌声如雷，于东强拉着姚洁走入舞台后部。

于东强　拉得太好了，薇薇，你终于从毛毛虫变成了蝴蝶！

【薇薇站得离他们稍远一些。

【前台，小丽上，看见薇薇妈。

小　丽　太棒了，薇薇妈！干得漂亮！原来，你才是真正的高手！开独奏会，进音乐学院附中，然后读音乐学院……先利用他们，再甩掉他们！

薇薇妈　允许你们为自己的孩子打算盘，为什么我不能？因为我没有你们读的书多？

小　丽　您这是什么意思？

薇薇妈　没错，我没文化，我只会利用自己的孩子，还没学会把别人家的孩子当梯子，好让自己家的孩子往上爬。

小　丽　我把你家的孩子当梯子？不，不，这是误会。我是帮助薇薇，顺便也帮助一下果果，利人利己，双赢……

薇薇妈　胡小姐，我曾经把您当英雄，对您感激不尽……可是我发现，您的境界确实不高。

小　丽　我，不高？

薇薇妈　您是自己想吃鱼，还是您的母亲想吃鱼？需要吃鱼才能救命的故事，我也是头一次听说。

小　丽　我不会拿我妈撒谎的！你太坏了！

薇薇妈　坏？我比你好多了。我呀，我真想跟于东强说，要想息事宁人，他就不能帮助你女儿果果读书。可我呀，我还是心善，你救了薇薇的命，薇薇为你的女儿争取到了读书的机会。我们可以两清了吧？

小　丽　我……

薇薇妈　在这个独奏会上，你是最不受欢迎的人！（下）

小　丽　一个钟点工都讽刺我境界不高？笑话！

【小丽从包里掏出表格，心情有些复杂。她耸耸肩，打算把表格放回去。

【李刚带果果冲上。

李　刚　果果，你站住！

果　果　妈妈，为什么不让我上台表演？我也拉得很好！

小　丽　这……

果　果　她根本不是今天过生日！我知道为什么选她上台表演。因为于伯伯亲了她、抱了她！

小　丽　不许胡说！

果　果　这是真的，我偏要说！

小　丽　听妈妈的话……（看到果果手里的芭比娃娃）这是哪里来的？

果　果　于伯伯给我的。

小　丽　你为什么拿别人的东西？不许拿于东强的东西。

果　果　你也拿了于伯伯的东西，喏，就是这张表格！

小　丽　傻瓜，这不全是为了你？

李　刚　什么表格？（拿过表格）小丽，原来……

小　丽　你别听她瞎说，这是沙特阿拉伯给我的，不是于东强的。

果　果　你才是个撒谎大王！你让我对警察撒谎，你让我对何阿姨撒谎，你说撒谎了就给我买芭比，但你没有！于伯伯给我买……

小　丽　别要他的东西，妈妈给你买……

果　果　你？于伯伯说你买不起，我还想要 CUCCI，LV……

小　丽　妈妈也会给你买，听话！

果　果　你才不会呢，你买个 COACH 都要上淘宝！我要去迪拜看金马桶，我要当“沙特阿拉伯”！

小　丽　果果！（打孩子）

李　刚　（发作）我再也忍不住了！胡小丽！（举起手）我、我……

小　丽　你还打我？

李　刚　我不敢打你，我不要这表格……（扔表格到地上，踩）

小　丽　住手，你敢！

李　刚　（打自己）我打我自己！叫你撒谎，叫你教孩子撒谎！

小　丽　李刚……

李　刚　为了一张表格，良知都丢掉了吗？

小　丽　这不是普通的表格，这是蓝色的、蓝色的……

果　果　你是坏妈妈！于伯伯说，我现在是班里最乖最好的孩子，我拉琴拉得是最好的！沙特阿拉伯说了，迪拜的酒店里有我的照片！我将来也要去迪拜！我也要用金马桶！

小　丽　果果，你……

果　果　我都是学的你！

李　刚　瞧瞧，孩子都被你教成了什么样，你是孩子亲妈吗？（带果果下）

【果果挣扎：“我要上台表演，我要！”

【舞台后部，有工作人员推上来点着蜡烛的蛋糕和鲜花。

姚　洁　（疑惑地）蛋糕？生日？

于东强　（动情地）今天，是薇薇十五岁的生日。我们给她准备了蛋糕和礼物！（递鲜花）生日快乐！

姚　洁　还有鲜花？

【薇薇本能地抗拒于东强。

于东强　这是姚老师亲手挑的！说话呀，姚老师。

姚　洁　（违心地）生日快乐！

【生日快乐的音乐响起。于东强慈祥地对薇薇唱歌。薇薇嫌恶地避开。

于东强　我们还准备了生日礼物！（拿出一把小提琴）一把小提琴。这把小提琴，是著名的小提琴制作大师，安东尼奥·斯特拉迪瓦家族的杰作。大家知道，他们家族制作的每把琴都非常出色，无论琴型、板面弧度、木板厚度、琴头雕刻等，都达到了完美的地步，是人们收藏的珍品和后人仿造的范本！

姚　洁　这是我的琴！

于东强　这把琴姚老师珍藏多年，只有在重大比赛时她才使用。这把琴跟随她出现在过林肯歌剧院、维也纳金色大厅、人民大会堂……这把琴对演奏家可以说是如虎添翼。薇薇，如果你拥有一把这样的琴！

姚　洁　等一等！（拿过小提琴）这是斯特拉迪瓦家族做的琴！斯特拉迪瓦家族早就不做琴了，这样的琴，中国难以找出第二把来……

于东强　好琴应该送给年轻人……姚老师很心疼，她就是有赤子之心，不会遮掩的人。我建议，为了让姚老师不离开她心爱的小提琴，我们一起收薇薇为义女！

【姚洁一愣。

薇薇妈　（对薇薇）赶快叫妈！

于东强　薇薇，这是我们在帮你的忙，你不要自己砸了自己的场子！

薇薇妈　薇薇，家里的亲戚都在，他们专程赶来，看你的独奏会。啊？

【薇薇一动不动。

于东强　我看，薇薇激动得说不出话来了。薇薇妈，这也不必勉强，我们是一家人了，（亲切地拍薇薇的头，薇薇躲开了，于东强尴尬地缩回手）我们等演出结束，再回家商量吧！

【笑声。

薇　薇　（意外地接过小提琴，抚摸着，似自言自语）小提琴……大师……斯特拉迪瓦，我想我们错了，小提琴能够拉出动听的音乐，不仅仅是因为出自大师之手，也不是有高超的技艺，而是音乐本身……如果音乐本身是丑陋的，什么样的包装都没有用。正如同有些肮脏丑陋的灵魂，什么样的艺术也改变不了他们。（把琴还给姚洁）对不起，姚老师，这琴我不能收下。（下）

于东强　为什么？

薇　薇　今天也不是我的生日。

【观众一片哗然。

于东强　对不起、对不起，一点意外……

【舞台后部灯灭。

【小丽疑惑不解。

【薇薇从后台转到前台。薇薇妈跟上。

薇薇妈　这么好的场地，这么好的机会……你真是把我们的脸都丢尽了！你成心的，是不是？

薇　薇　妈妈，我做得不对吗？

薇薇妈　别叫我妈！你把自己毁了，你知不知道！

【何佳上。

何　佳　薇薇，你太棒了！

薇　薇　（心烦意乱地）不知道，我不清楚……

何　佳　警察就在这里，你要不要……

薇　薇　我不知道，我不清楚……

何　佳　薇薇，这里需要你……

薇　薇　（大喊）不、不！我才只有十五岁，我还是未成年人，我有监护人……不要老逼着我来拿主意，我不知道，我不清楚……（对小丽）胡阿姨，你救过我，你是见义勇为的英雄，你知道……（跑下）

【薇薇妈追下。

姚　洁　（瘫软）薇薇……你这是干什么！

何　佳　孩子都比我们有勇气，她看到您做不到，所以把您从这个恶棍这儿解脱出来……

姚　洁　怎么见人，人家指指点点……

于东强　大家不要误会……这孩子没见过世面……我热爱艺术，我年轻时在国外读书，耳濡目染，我习惯了西方人的礼节……礼节……西方人见面时，都会互相拥抱，贴脸……

何　佳　于东强，你不要再表演了！有人愿意站出来了！

于东强　在哪儿？在哪儿？

【警察带若干证人上。

警　察　于东强，我们接到了许多举报电话，不是匿名的，而是有名有姓的！

于东强　啊？

【一位男家长出现在光圈里。

男家长　你还记得我吧？我的孩子跟你学琴，你就骚扰过她……

我气极了，我想找人打于东强一顿，打到他生活不能自理……可是，我那会儿才知道自己多没用，我怕警察，怕他报复，怕我女儿将来……我带女儿远远离开了这里，那件事，是我们家守口如瓶的秘密，谁也不许再提，我们希望她忘记……直到看到再次出事的消息，我才知道，她从来没有忘记……

【另一位女家长出现在光圈里。

女家长 我的情况有所不同……当时，我发誓要为孩子讨个公道，不让更多孩子受害。我想联络跟我有同样情况的家长，但没有人理睬我，原来答应作证的孩子突然变卦……孩子在学校受到压力，别的孩子不跟她玩儿……小孩子懂什么呀，都是大人教的……我只好让孩子承认，她是淘气才撒谎的……但我私下里告诉她，妈妈相信你的话，妈妈是为了保护你！我女儿仍然在那儿学琴，但是，我再不让于东强教我的女儿！我换了别的老师。不过，任何家长让我推荐老师，我都推荐于东强……我心想，等你们的孩子出了事，让你们也体会体会做妈妈的痛苦……你们的孩子出了事，我也不会帮助你们！我就抱着这样阴暗的心理……

【一位年轻姑娘出现。

姑　娘 于东强收集的艺术照里，就有我的一张。抱着学生对老师的崇敬，我给了他……受到骚扰的第一时间，我就告诉了父母。可他们不信我，觉得我是偷懒，打我、骂我……后来，我什么也不说了，就在心惊胆战、斗智斗勇中学完了琴……直到最近于东强被爆出来，他们才相信，我原来说的是真的……我以为我可以站出来了，可我父母说“不”，因为我现在是一名老师，我有一个很相爱的男朋友，我天天都盼着他求婚……我父母说，如果我站出来，不会有钻戒鲜花巧克力，不会再有婚礼，永远不会再有……我犹豫斗争了很久，是薇薇感染了我鼓励了我……我站出来了，浪漫的婚礼，我无所谓……能够被夺走的爱人就不是爱人……我并不觉得自己羞耻，需要别人施舍……

【一个年轻人远远地：珊珊，我爱你，你能嫁给我吗？

姑　娘　等一会儿，我忙着呢！（对远处）薇薇，你真棒，我佩服你！

【薇薇出现在舞台上，但她什么话也没有说。

何　佳　我们为什么不能以平常的态度看待这件事？如果他不是骚扰孩子，而是偷了东西，孩子早就喊出来了，父母、朋友，陌生人都会帮她。为什么在这件事上，孩子受了侮辱不敢说，亲人就算知道，也不愿意声张呢？说明我们脑子里还是没有解放！

姑　娘　他就是在犯罪，同抢劫杀人一样是犯罪！我们不敢站出来，会导致更多人受害！

【越来越多的家长出现。

家长一　还有我！

家长二　我就是同时在两张请愿表上签字的家长，我承认，我滑头，我两面派……

家长三　我不是代表我自己来的，我代表很多家长前来！

家长四　我就是一个自私的家长，我不愿意惹麻烦……我以为城里孩子不会受欺负……

【观众的呼声更加强烈。

姚　洁　我、我……

于东强　快去找人，找人，打电话！

【记者上。

记　者　找什么人都没用了，我们就是被派来采访的！（咔嚓咔嚓给老于拍两张照片）

于东强　别拍我，不要拍。洁洁，你快去呀！

姚　洁　（甩掉于东强的手）我会去的，不过是去派出所，我还要给人大写提案，建议加重对污辱猥亵幼女的处理！（掩面奔下）

于东强　大家不要乱，不要乱！（强作镇定）我不想再解释什么。我们这儿有一位家长，她是见义勇为的英雄，她的孩子就在我这儿学琴，如果我像人们说的那么坏，她会放心把孩子交给我吗？（对胡小丽）胡女士，请您说一说，您的孩子是不是在我这儿学琴，他们说的是不是造谣？

小　丽　我？

于东强　你跟大家解释一下……好好解释……

【小丽接过话筒，看了看何佳和其他家长。

小　丽　我的心情很复杂。大家好，我叫胡小丽。也许你们已经在报纸看到我的名字，没错，（做游泳的动作）我是跳下水救薇薇的那个人。我一直憧憬着能被接见，开会鼓掌，记者采访……可我没想到，是在这么个地方，蹭人家的场子……算了，将就将就吧，反正付了场租费，不用白不用。

于东强　说重点，说重点！

何　佳　胡小丽，你姓胡，可不能胡说啊！

小　丽　你们有没有疑问，为什么那么巧，救人的偏偏是我？事实上，不上班的时候，我一直在河边，在马路上晃悠，我是想看看，我能不能做点儿什么。我甚至打算卷个铺盖，埋伏到学校校长、教育局长居住的小区里去，一旦他们家有人摔跤、忘记关燃气灶，家里进了小偷，小汽车爆胎……我就赶快冲上去见义勇为……我想遇到贵人，帮助我孩子读个好学校……可是，小区门卫管得严，我进不去……后来我就到了河边，发生了很多事……董存瑞、戚继光，不，是黄继光……雷锋、入党申请书……杰出女性，姚老师、姚先生、姚公……

于东强　（责备地）你乱说什么呀？（对观众）我是为了艺术，艺术……真悲哀，你们是不懂艺术的俗人……你们知道几个外国艺术家？凡·高知道吗？毕加索知道吗？

小　丽　（对于东强）你也配谈艺术！你是一颗包着艺术外壳的老鼠屎！我的女儿果果，是于东强骚扰薇薇的直接目击证人……

于东强　目击证人！有证据吗？没有证据，你就是在教唆你女儿！

【果果举着一块手表出现。

果　果　不，我有证据！都在这个手表里。于老师……哦，不，于东强，他向我打听过薇薇的消息，还问过我何佳阿姨的调查情况。如果没鬼，他为什么这么起劲？

小　丽　果果，这是你干的？你有这个脑子？

果　果　妈妈，我不像我表现的那么傻！

于东强　不要相信这母女俩！她救人不是纯粹的，她是有目的的，她是为了让孩子读书，才见义勇为，跳湖救人的！她想让政府给安排个好学校！

小　丽　说实话，在跳下去之前，我没想那么多。但等我救上来人之后，名片、沙特阿拉伯……不不，我要改掉给别人取外号这个坏习惯，她真名叫沙美英，我的同事，非常好的一位女士，她长得不漂亮，但努力追求美。她告诉我，没有最重点，只有更重点，三流的一生和迪拜的金马桶……我爱我的孩子，我是中国家长，我想让她用最好的，穿最好的，读书也读最好的，一切为了孩子……（掏出一张表格）瞧，就是这一张纸，蓝色的表格，优先级是最高的……但我不要了……（把表格扔到于东强脸上）

于东强　不要相信她，不要相信她！

【如雷的掌声。

小　丽　不、不，不要给我掌声，我不是……

于东强　她胡说，这个女人就姓胡……我是想改变中国落后、封闭的现状，我是真心想给中国人启蒙，你们知道不知道，什么叫现代性、现代性……你们都不懂……

【幕内观众的声音：

“别撒谎了，骗子，你的现代性没有现代，只有性！”

“我们不懂，就你懂！”

“没收他的作案工具！”

“这个老骗子！”

“一看就不是个好东西！”

……

警　察　大家静一静！我想讲几句话。以前，也有类似的案例。家长先是愤怒地来报案，后来就主动撤销了。或者是受害者年龄太小，讲不清事情发生经过，又没有适当证据，无法将犯罪分子绳之以法……当然，现在，家长的思想意识提高了很多……不过，我们还是会看到，有许多家长，在犯罪分子被绳之以法后，因为受不了流言蜚语，别人异样的目光，带着孩子远走他乡甚至出国……我们不能责怪这些家长，而是应该想一想我们。作为旁观者，我们的孩子幸运地没有受到伤害，我们应该怎么办？家长们，我们爱孩子，我们是中国式家长，但不要仅仅是中国式家长！

【薇薇妈上，抱住薇薇。

警　察　于东强，不要再表演了，教育部门的负责同志也来了，不要以为你是退休老师，就不受约束！

【于东强垂头丧气下。

何　佳　小丽，你看，大家都在给你鼓掌！

小　丽　鼓掌？

何　佳　小丽，你真棒！

小　丽　不不，别鼓掌，教育部门的负责同志，是哪位？教育局长来了没有？学校校长来了没有？我问问他们，为什么不能把学校搞得一样好，你们的子女都读什么学校……还有，那些橙色的、红色的、蓝色的表格，都是为谁准备的……

何　佳　别说了，别说了，人家走了！

小　丽　走了？

【小丽手机响。

小　丽　（接电话）对不起，接个电话。

同　事　喂，胡小丽，是我！

小　丽　我开会呢！

同　事　我就在台下！我是沙特阿拉伯！

小　丽　对不起，我一不小心……

同　事　不小心，不小心，你怎么那么多不小心？说沙特阿拉伯也就算了，还非得把我真名也报出来！（跺脚）现在好了，邻居朋友都知道是我了！

小　丽　对不起、对不起……

同　事　对不起有用吗？有用吗？他们都知道是我了，我现在不得不对所有人说，我没去过迪拜，没见过金马桶，也不认识能把我儿子安排到复旦师范大学附中的一同看过金马桶的朋友……我不得不这么说……我成了一个大笑话……

小　丽　啊？对不起……

【笑声，掌声。

【李刚带果果上。

李　刚　老婆，我第一次对你这么佩服！

果　果　妈妈，我错了！

小　丽　果果，是妈妈错了！

果　果　妈妈，亲妈，妈亲！

【小丽亲果果。

小　丽　哎，你手表呢？

果　果　警察拿走当证据了啊！

小　丽　瞧我都忘了……对了，你的读书问题，还是没有解决啊！

李　刚　你就是孩子最好的教育！

果　果　妈妈，我不是很聪明的吗？

何　佳　你现在可改了吧？

小　丽　什么？

何　佳　一切为了孩子。

小　丽　不。

何　佳　你还是……

小　丽　不，我是说，首先我们要弄明白，什么是为了孩子，什么是真对孩子好。

何　佳　你真棒！（将手机递给小丽）给！

小　丽　什么？

何　佳　我给你拍的发言照片！

小　丽　密码……

何　佳　你的生日！刚才，我就改回来了！

小　丽　佳佳。

何　佳　怎么了？

小　丽　能帮帮我吗？

何　佳　什么？

小　丽　海里的朋友，果果的读书问题——你刚刚也看到了，她还是有点脑子的，这么聪明的小孩，不读好学校，可惜了啊！

何　佳　你又来了！（下）

【小丽追下。

【笑声。

【收光。

（剧终）

奇妙之夜

人物

方　平　男，38 岁左右

摩　森　男，38 岁左右

方　妻　女，36 岁左右

范智群　男，方平导师，65 岁左右

夏玉良　男，64 岁左右

院　长　男，45 岁左右

朱克亮　男，28 岁左右，硕士研究生

男　人　40 岁左右

女　人　40 岁左右

第一场

【光起，摩森出现在光圈中。

摩　森　看起来我黄皮肤黑头发，是个中国人，其实我是地地道道的美国人，我叫摩森，从小在美国长大，受的美式教育，我不会中文。在国际会议遇到黄皮肤中国人，我总是声明这一点，我不会讲中文，请用英文。有人觉得很不舒服，似乎我崇洋媚外，但我想告诉他们，这是文明，在这样的公共场合，两个中国人用中国话大声交谈或者窃窃私语，都是极不得体的。（稍顿）这不是我第一次来中国，我惊异于中国在经济方面的发达，这种发达带动了中国的全面进步，在科研事业方面，中国毫无疑问已经走在前列，有许多重量级的会议会选择在中国召开，因此，作为一名生物医学的研究者，我到中国的次数也越来越多。每次我到这里来的时候，我都会情不自禁想起我在匹兹堡攻读博士时的一位中国同学，方平——

【方平出现在光圈中。伴随着摩森的叙述，他模拟一系列实验动作。

摩　森　从将小白鼠迅速杀死，再到取出肝脏，用 NaCl 和 EDTA 溶液洗去血浆，再到剪碎，加入以上溶液、放置到匀浆器中研磨成糊，并将糊状物离心 10 分钟，弃去上清液，继续沉淀并用以上溶液清洗，再加上 SDS 溶液，不停搅拌到溶液黏稠透明……使核酸与蛋白质分离，他的“DNA的分离纯化”实验做得行云流水、可以精确到秒计。那个时候，我正在谋求实验室的助理教授职位，他的到来，无疑给了我很大的挑战。

【摩森不耐烦地抬腕看表，又看方平。他清了清喉咙，咳嗽几声，方平没有反应。他走到方平跟前，出其不意地拍了拍他的肩。

摩　森　哈啰，密斯脱方。

方　平　（一惊）摩森？你怎么还没下班？

摩　森　大楼管理员让我来问问你，他可不可以走。

方　平　走？大楼管理员？当然，他有腿，当然可以走。

摩　森　不，他说，你不走，他就不能走。

方　平　我？

摩　森　按照规定，只要有人还在做实验，他就不能够下班。

方　平　可我的实验还没有结束。

摩　森　方，这里不是中国，每个人就算不尊重自己的时间，也要尊重别人的。你不能强迫大楼管理员加班。

方　平　可难道这不是通宵可以做实验的大楼？

摩　森　理论上是。我不明白，你们中国的学者，为什么每个人都这么玩命儿地工作？

方　平　摩森，是玩儿命，不是玩命儿，你的儿化音加错了。

摩　森　你们好像不需要睡觉，不需要吃饭，不需要社交，不需要家人，你们把别人的节奏都带乱了！

方　平　别妨碍我，我是为了让大楼管理员早点下班。

摩　森　这是你们中国人的习惯！我本来不想跟你讲这个，但那个巴西籍的管理员，他以为我跟你是一伙的，也许他把我跟你当成同一个人，他以为是我在不停地加班，他每次都抓住我喋喋不休。你可以把提取出来的DNA冷冻，明天再继续。

方　平　那给我几分钟，让我把没有来得及提取的小鼠胚胎冷冻。

摩　森　来不及了，如果想那样，需要先在玻璃化溶液中预处理15分钟，然后在高浓度的相同液体中冷冻20到40分钟，然后才能投入液氮中保存。

方　平　也许你可以代我说明一下？

摩　森　不，方，我想提醒你注意，这是美国，不是中国，不是什么都可以关系关系，通融通融的。而且，今天是大楼管理员女朋友的生日，他打算今天向她求婚。你要知道，一个巴西人遇到另一个巴西人在匹兹堡不是件容易的事情，他能否脱单就全看今晚，我们应该有点同情心，对不对？他只有三十分钟时间了！

方　平　（沉吟）那，我20分钟就可以。

【方平将一种溶液置于烧杯中，摇晃，搅拌，将小鼠胚胎一只只置于其中。

摩　森　这是什么招数？

方　平　土招数。

摩　森　什么？

方　平　土办法。在国内，我们玻璃化溶液和液氮浓度很难达标，实验室的无菌环境也不够，所以，我们发明了一种能够将未能及时处理的胚胎保存十二小时之久的方法，步骤是将DMSO加入新鲜培养基中，配比浓度为80%，浸泡五分钟，封住胚胎表面与外界的能量交换；然后再换30%的溶液，放置其中，也是5分钟。然后再放到液氮中保存。

摩　森　我从来没有听说过！

方　平　一般我们也不告诉外头人。

摩　森　这是什么原理？

方　平　没有人研究过。在长期的盲目摸索中，我们发现了这一方法，虽然科学原理并不明晰，但行之有效。

摩　森　不，只要是现象，必须会有一定的原因加以说明。（边说边脱掉外套）没有不能够解释的现象，除非它不是科学而是巫术。

方　平　不对，即便是巫术，它也可以用科学来解释。（看到摩森走向实验台）摩森，你干什么？我准备熄灯下班了。

摩　森　不，我今天就要揭开这个现象，我等不到明天。

方　平　可大楼管理员要下班！

摩　森　去他的大楼管理员！

方　平　他还要跟女朋友约会，不然，他的个人幸福……！

摩　森　就让他为科学事业牺牲个人幸福吧！

【摩森开始忙碌；方平笑笑，也投入到自己的工作中。

【传来手机震动的声音，摩森关掉手机。两次或者三次。二人忙碌着充耳不闻。

【切光。

【光起，手机又响。

方　平　（脱下实验的白大褂，拿起摩森的手机）喂……摩森，你电话。

摩　森　你说的实验，我还没有做成功。我的胚胎在预处理后就出现细胞死去，是不是我的浓度没有处理好？

方　平　哈哈——

摩　森　根本就没有这种技术，你是骗我的？

方　平　对不起！

摩　森　太恶劣了！诚信是科学工作者最宝贵的品质！方平，我如果是你的领导，我绝不聘用你！

方　平　可大楼管理员今天并没有约会。在你实验过程中，我电话问过了。

摩　森　我……

方　平　摩森，我觉得，你骨子里还是中国人，你努力起来，也像是世界末日。

摩　森　我跟你不一样！你们根本不搞公平竞争，你们只会杀鸡取卵！

【许小诺上。

小　诺　摩森，我以为你被绑架了，手机不接，人也不见，你忘了我们的约会了？你说过，你还要给我一个惊喜！

摩　森　惊喜……惊喜在这里……（手忙脚乱，匆忙从包里取出一个纸包）戒指……花束……

方　平　摩森，今天是你求婚？

小　诺　方平？

方　平　小诺！

摩　森　怎么？你们原来就认识？

小　诺　这个世界真是太小了，这是我们当年的学霸，你果然出国了！

摩　森　学霸？

小　诺　我高中时代最痛恨的人。不过，我这个学渣，现在也出国了。

方　平　既然我们都认识，那就——（伸出右手）让我们从对手变成朋友，一起并肩战斗吧！

【摩森不情愿地伸出了手。

摩　森　闲暇时，我们会一起端着咖啡，在美丽的匹兹堡校园里三人行。

【方平出现在光圈中，和摩森肩并肩地行走着。

小　诺　方平，匹兹堡大学不像学校，倒像一处风光优美的田园！

小　诺　看这幢宿舍楼，它建于1907年，到现在有一百多年的历史了！

小　诺　哇，古色古香的建筑竟然当作宿舍楼，能在这样的环境里读书，真是一种奢侈享受！

小　诺　摩森，你有没有注意到，这所大学校园里有许许多多的楼，不过，有的楼前有雕像，铜制的铭牌上有人像的名字，有的则没有雕像、没有名字。

小　诺　这所大学出了四十多位诺贝尔奖得主，还有其他的一些名人，这些楼是以他们的名字命名的。这些雕像全是高鼻梁、卷头发的……你说，会不会某一天，有座雕像，它属于面目扁平的中国人？

方　平　什么？

摩　森　（试探地）方平，你说，你是不是想留下来，在这里过一辈子吗？

方　平　呆在这里？

摩　森　找一个女孩子，小诺那样的，但不是她，快快乐乐过一辈子。

方　平　不，我属于中国。我和学校是有合同的。

摩　森　（继续试探）可以撕毁的，你们很多中国学者都这么干。最初几年不能回国，见不到父母，（半恐吓半试探）身份也是黑的，在中国城做做苦力，被福建人、意大利人、韩国人欺负欺负，就只当做了免费按摩，或者是做了国际慈善，熬上十年二十年就好了。

方　平　不，我不会那样的。

摩　森　（放心）那就好！

小　诺　我们来多拍几张照吧！摩森，来，给我们拍照！

摩　森　你们？好，我给你们拍！

【摩森按下快门，与此同时，切光。

摩　森　很快，到了毕业的季节，方平是我们学院第一个通过答辩的。有一天，他通知我要走了，我非常高兴，我到他的宿舍去，看到那里堆满了像小山一样的包裹。我问他——

【方平出现在光圈里。他正拿着一本本子在做记录。

摩　森　你在整理行李？这是耐克鞋和阿迪达斯运动装吧？那是什么？三叶草还是驴牌？

方　平　那些很多都是中国制造，我买它干吗？

摩　森　那你这里头是什么？书，还有试剂？

方　平　这是美国癌症基因疗法最先进的资料、必须的试剂和最新成果。

摩　森　带它们？

方　平　我要回去继续研究。

摩　森　你，还回来吗？

方　平　我不回来了。

摩　森　（高兴地）真的？

方　平　在中国，我还有一位导师。我到这里来是他推荐的。他现在是我们学校的校长，他今天电话里告诉我，他提出的“121 计划”获得学校有关部门的通过！

摩　森　“121 计划”？

方　平　为了提升学校的科研实力，我的导师决定建设一个结构分明的创新团队，用 5 年时间，引进 11 位核心人才，打造 10 个创新团队，100 个学术骨干，加起来，刚好是 121！

摩　森　核心人才，创新团队，学术骨干——这也能计划？你们中国，真是计划经济之王。还有，这个“有关部门”，真的很神奇。

方　平　导师能让这个计划获得通过，非常不容易。他热切希望我回来，他为我准备了实验室、科研启动经费。对了，在新校区的教师宿舍区里，预留着近百套没有出售和分配的住宅。那些都是给“121 计划”的人才——我们准备的！

摩　森　这么优厚的条件！

方　平　这是合同，你可以看。

摩　森　不，我不用看。你要走，这太好了，我真为你高兴，你是个有志气的中国学者，相信你会把中国建设好的。我要为你送行！

小　诺　还有我！

【许小诺拉着行李箱上。

摩　森　小诺，你真周到，送了行李箱来送别。

小　诺　不，这是我的。

摩　森　哦，你送了他这一行李箱的东西。我，来得匆忙，什么也没有。（掏钱包）这一百美金……（放回）哦，不，这些零钱……

小　诺　不用了，路上我有零钱。

摩　森　你这是干什么？

小　诺　摩森，别紧张，我只是回国探亲。你看我带这么少的行李，我还会回来的。

摩　森　回来？不，方平，你不要走了，你真的不打算把自己的像竖立在这些大楼前了？

方　平　中国的大楼也是很多的。

摩　森　方平……小诺……不要走，你们走了，我会孤单的！

小　诺　摩森，再见！

【二人消失。

摩　森　不得不说，方平这个家伙，真是个幸运儿。后来，大约十年后，我第一次到中国开会时，最希望见到的人，便是他——

【场景转换到另一所大学，高楼比比皆是。

【方平匆匆走过。

摩　森　哈啰，密斯脱方！

方　平　杰克？密斯脱摩森！怎么会在这里看到你？

摩　森　是啊，没想到吧？我是"随风潜入夜"……哈哈！

方　平　（看其头发）你这里，曾经是茂盛的草原，现在，快变成一片沙漠了。

摩　森　十年过去了，人有点变化是正常的。你呢？

方　平　我？你不是看到了吗？

摩　森　不，我问的是，你的梦想实现得怎么样了。

方　平　梦想？

摩　森　实不相瞒，这些年我发现，把自己的塑像竖在大楼前，真不是件容易的事。那么，平，你呢？

方　平　我？

摩　森　平，你不用隐瞒我了。当然是都实现了，是不是，方平？自从我到达你们学校，我已经看到了，栽种着法国梧桐的校园大道两旁，一排排贴着报纸和各种通知、表彰、喜报、荣誉的宣传栏内，有不少张都是你的照片！有一张，你手捧着大红荣誉证书——

方　平　那是我获得青年拔尖人才的证书。

摩　森　还有一张，是你站在主席台前，背后是一排排的锦旗，面前有十几只从花丛里伸出来的话筒，你好像在讲话？

方　平　那是我在参加全省优秀科研人才汇报大会时发言。

摩　森　还有一张，是你和几个中学生的合影。

方　平　那是少年报社的少年记者，他们来采访我。

摩　森　我还看到一些，是你和许许多多人的合影，旁边还有文字介绍，但我不懂中文，是不是请你给我介绍一下？

方　平　哪一些？

摩　森　有一张照片上，是你和一位手背在身后，梳着背头、戴老花眼镜的老男人的合影——

方　平　什么老男人，那是我们省长。他来视察我们学校，顺便接见了下我。

摩　森　我看到照片上，他这个样子（模拟省长叉着腰讲话），而你这个样子（模拟方平低头做笔记）——

方　平　是的，是的。省长在对科学工作的发展提出指导意见，我在做笔记。

摩　森　省长？他是教授，专家？

方　平　什么？

摩　森　能对你这样一位在癌症基因治疗上有突出贡献的青年才俊提出指导意见，一定是你们国家最优秀最杰出的科学家，方平，你说是不是？

方　平　这——

摩　森　方平，现在已经十年过去了，我想问一下，你们那个“121”计划，怎么样了？

方　平　“121”？

摩　森　11位核心人才，打造10个创新团队，100个学术骨干，加起来，刚好是121。这些团队，都建立起来了吗？

方　平　不，不。

摩　森　失败了？

方　平　不，现在这个计划改名了，叫“223”。

摩　森　那么“121”呢？

方　平　摩森，你别问这个了。

摩　森　讲句实话，我有些失望。

方　平　失望？

摩　森　我对我看到你失望，我最想看到的是这一类照片——

方　平　什么照片？

摩　森　像我们从前那样，你在实验室里埋头做实验的照片。勇敢的猎人不能离开他的猎枪，驰骋的骑士不能离开他的骏马，一个科学家如果离开了他的实验室，那就是个空头科学家。

方　平　好了，摩森，说了这么多，我还不知道，你来中国做什么？是专程前来指导我的吗？

摩　森　当然不是。我是来中国参加“世界癌症研究大会”的，可我翻遍了参加嘉宾的名字，也没有发现你的。

方　平　这——

摩　森　我参加大会的唯一目的，是想听听你们TP-53蛋白的最新研究成果。你们曾经发表过一篇文章，介绍这种人体细胞自带的免疫蛋白。这样的免疫蛋白有很多种，但你们发现的TP-53蛋白，它的免疫力强，不易被癌细胞洗脑和同化，能够针对多种癌症起效，可谓是免疫蛋白中的明星蛋白！你们在文章末尾，曾经信誓旦旦地表示，将在五年之内，运用最新的基因魔剪对它进行编辑，以充分验证它对癌细胞的作用，让人类免除对癌症的恐惧。现在五年过去了，你们……

方　平　我们……

摩　森　我非常渴望能在会议上听到你们宣布进一步的研究结果，但很遗憾，你们没有参加会议，当然也不会带来论文。

方　平　你在怀疑我没有能力，不能实现当初的承诺吗？

摩　森　不，不是，方平，我从来没有怀疑过你。我只是担心——

方　平　你担心什么？

摩　森　我提前两天到达的中国，我想给你一个惊喜，就不请自来，去了你位于人才别墅的家。

方　平　你到我家里去了？

摩　森　我没有勇气，她现在是你的妻子，我要避嫌，是不是？我四处走了走。那里面，有私家花园，有网球场、篮球场，高尔夫球场，露天游泳池，建设得很漂亮，就是寂静得可怕！

方　平　寂静？

摩　森　你能看见鸟在枝头唱歌，松鼠在草地上跳跃，蚂蚁忙忙碌碌……但是你们的别墅，很多没有住人，有一些住了人，窗帘紧拉着。没有一点声音，没有人家的饭菜飘香，连孩子你都看不见，还有一些大卡车，它们轰鸣着，装满了二手家具……如果不是门卫告诉我，这里是人才别墅，我都不相信这里住着人。我看到了小诺，她的脸上我只是感受到一种压抑，愁苦……没有创造性人才需要的活力。

方　平　你是什么意思？

摩　森　方平，我很理解你当初的爱国热情和雄心壮志。但科学研究像粒种子一样，不是生活在空气和激情里，它是需要土壤的。如果你愿意，你这次可以跟我一起走。

方　平　一起走？去哪里？

摩　森　回到你毕业的地方，我们一起工作过的实验室，我们的导师也非常热切希望你能回来。

方　平　你误会了！

摩　森　也许你有难言之隐，这里是室外，没有窃听。你不必有顾虑……我只是想让小诺幸福。

方　平　她跟我很幸福！我真的不知道你在说什么，摩森。我反倒觉得，你来之前不电话我，而是特务一样先到我住的地方去侦查，以及你非常关心我在国内的待遇，研究的环境，我觉得——

摩　森　你觉得什么？

方　平　我觉得，你似乎对中国很感兴趣，很想到中国来发展你的事业。

摩　森　我……

方　平　似乎，你也并不想把雕像立在外国的大楼前。

摩　森　平……

方　平　我希望你尊敬我的同时，尊敬我的祖国。请你去参加你的会议，而我，也要赶往实验室了。

【方平下。

【切光。

第二场

【老年范智群出现在光圈里。

范智群 关于那个夜晚发生的事情，人们众说纷纭。他们在路上见到我躲躲闪闪、视而不见，似乎很怕我追上去，解释那天晚上的事情。他们对我的躲避，从我退出校长位置时就开始了，只不过此时此刻变本加厉了。这让我明白了一个真理，与了解事实真相相比，人们宁愿相信自己的猜测！（稍顿）组织上派人向我了解事情的原委，让我着重谈谈，方平是谁？他平常爱说什么话，喜欢做什么事，他爱不爱出风头。（稍顿）在我的学生当中，方平毫无疑问是最与众不同的一个。每一届研究生的面试中，我都会问他们一个问题——科学研究，或者说我们的生物实验是什么？

【方平出现在光圈里。

方　平 生物实验是——

范智群 不要背教科书上的概念，你凭直觉告诉我——

方　平 这——

范智群 生物实验就是薛定谔的猫。

方　平 姓薛？中国人？

范智群 他是奥地利人，物理学家，量子力学奠基人之一。他提出一个理论，假设一个盒子里有一只猫，以及少量放射性物质。如果放射性物质衰变，猫就会被释放出来的毒气杀死。同样，如果放射性物质并不衰变，则猫安然无恙。

方　平 所以——

范智群　薛定谔以这个例子，强调了科学的本质，就是不断地重复实验。你实验得越多，得到的结果也就越多，你的猜测得到验证的几率也就越多。在打开盒子之前，谁都不能确定，盒子里是一只活猫，还是一只死猫。

方　平　当你打开盒子的时候，也许盒子里是只死猫，也许盒子里是只活猫——死猫和活猫？

范智群　这充分说明科学研究的猫性，也就是不确定性、随机性。实验过程稍一疏忽，你的实验结果就南辕北辙。一个科学假设，可能要重复上千上万次实验，从投入到反馈的周期之长，也很挑战人的耐心。怎么样，方平同学，你有这份耐心和细心吗？

方　平　我有，可是——

范智群　“可是”什么？

【方平迟疑。

范智群　你说，不要有顾虑。

方　平　但是——

范智群　你说呀！

方　平　我们只要统计死猫和活猫的概率，不需要关注别的吗？

范智群　你还要关注什么？

方　平　那盒子，盒子不是实验的一部分？

范智群　当然不是！放射性物质是，猫是，盒子有什么要紧的？

【方平摇头。

【回到范智群的叙述。

范智群　他摇摇头，可见我没能说服他。这足以让我看到，他是一个有想法的青年。毕业之后，我送他去了匹兹堡攻读博士学位，三年发表了六篇论文，他成功拿到博士学位，又是我把他作为人才，引进到了这个学校。那时，我是学校的校长，引进他之后，我就从领导岗位上退了下来，虽然还没到年龄——他的才华是毋庸置疑的，但他太年轻，需要有人时时提醒，替他把握方向，所以我打算用全部精力去看护他，我相信他不会让我失望。

【朱克亮上。

朱克亮 报告！

范智群 请进。

朱克亮 范老师，我要退学！

范智群 怎么了？不要急，坐下慢慢说。

朱克亮 我是来学生物实验的，不是来学会计的，这经费报销的工作，我不干了！

范智群 小朱，我对你讲过很多次了，生物实验是个系统的工程，需要各方各面的人才，各种各样的工作，没有高低贵贱之分。这经费报销，是科学研究非常重要的工作！

朱克亮 可我觉得我没有这个能力！您看，就为了几本外文资料书，我跑了五趟财务，都没有报出来！

范智群 什么情况？你详细说说。

朱克亮 财务要我出具四份加手写签字的证明！第一个证明，要提供中国银行当月一号的汇率表并打印出来，折算成人民币。

范智群 这个不难。

朱克亮 第二个证明，要证明为什么没有使用公务卡。

范智群 因为这本书是你的一个师哥在国外访学时买的，作为学生，他没有公务卡。

朱克亮 第三个要把这本书的书名还有摘要翻译成中文。

范智群 为什么？

朱克亮 因为财务不懂英文，他需要知道这本书跟我们的课题有关。

范智群 那也算了。

朱克亮 第四个文件更荒唐——

范智群 是什么？

朱克亮 要证明买书的人没有癌症。

范智群 为什么？

朱克亮 因为这本书是讲癌症基因疗法的，是用公费买的，需要证明没有假公济私，公款私用。

范智群 哈哈……

朱克亮 您还笑？

范智群 他们也是怕承担责任，在执行制度。

朱克亮 这太野蛮了，怎么能这样对待科研人员？

范智群 那就不报了。这位同学花掉的钱，我来补给他好了。

朱克亮 老师……

范智群 这都是小事。我们要留出精力来做大事，（拿一张单子）这是我们打算购买的一批试剂，我跟国外厂家谈好了，这是合同，按照这个银行账号打过去就可以了。

朱克亮 不行，老师，我办不到。

范智群 为什么？

朱克亮 按照规定，这种试剂属于政府采购范畴。

范智群 政府采购的名录里，没有这一家瑞典供应商。我们一直用他们的试剂，性能非常稳定。

朱克亮 那要上报学校，由后勤统一采购。

范智群 来不及，这是我们急需的一批试剂。

朱克亮　那没有办法，而且，因为今年的科研拨款还没有下来，后勤采购都费周折。

范智群　这都五月份了！按照规定，十一月底就要封账了！

朱克亮　没有办法，财务说，他们也没办法，这是上头的事。

方　平　那我们急需购买的试剂怎么办？没有这批试剂，实验就得中止！

范智群　先用我的卡转账。

朱克亮　这是私人卡，不符合财务规定，不能够报销的。

范智群　那也不能看着实验停止，先去付了款，其他的随后再说。

【朱克亮下。

方　平　老师，您应该呼吁，废除这些繁缛的条文！

范智群　这也没办法，为了避免有人贪污经费，走向犯罪道路嘛。

方　平　可是，有必要管得这么死吗？我们到底是要控制经费，还是要出成果？要鱼还是要熊掌？

范智群　既要控制经费，又要出成果。鱼和熊掌兼得。

方　平　这些经费报销太浪费精力和时间了。

范智群　浪费的是我的，又不是你的。说到这个经费，倒让我想起一件事。

方　平　什么事？

范智群　八十年代末，我担任高校评估西北地区的组长了，而他，在一所偏僻不出名的三本院校工作。我到西部各个高校了解情况，也到野外去走走，就这样，遇到了一个人。

方　平　哦？

范智群　这个人随随便便披了件棉袄，眉毛、胡须里都是黄沙，一眼看去，是个十足的放羊的老汉，也确确实实看管着几十头羊。那些羊可不普通，一只只蓬松得像棉花糖，随便吹口气都能飘起来，飘起来你就找不到它们，因为它们躲到云团里头去了，你怎么也不能把这个跟那个分开……那些羊，人人见了都要抱着争着合影。我问他——

范智群 你申请到课题了吗？

夏玉良 我申请啥课题？

范智群 那你有经费养这些羊？

夏玉良 有草，有河水，还要啥？

范智群 冬天呢？

夏玉良 有我吃的，就有羊吃的！

【夏玉良隐去。

范智群 这个人是谁？

方　平 我不知道。

范智群 夏玉良！

方　平 他？

范智群 我和他是本科同班同学。那会儿正流行上山下乡，我毕业后留校，而他去了大西北。我没想到，在那样的条件下，他还坚持搞科研。

方　平 那个时候，也没有想到申请经费。

范智群 是啊，我出于感动，我把他调了回来。

方　平 但你们关系并不和睦？

范智群 是。六十年校庆的时候，学校出了一套书，把全校顶级教授的著作聚集起来，一人负责一本书，我是主编。书出来后，夏玉良很不满，他觉得我主编的名字比著者的名字都大，不知道的人猛一看，还以为书是我写的。有意思吧？

方　平 他因为这个，生您的气？

范智群 其实，这都是秘书干出来的事，我一直告诫他们不要出现我的名字，不要出现我的名字，可他们这些人……真像人们说的，我是无辜躺枪。但夏玉良不这么认为，他住在我楼上，整整一个暑假，每天晚上，我都听到天花板上有人跑步，十二点准时开跑，一分不差！

方　平　是夏玉良？

范智群　一个暑假，他瘦了二十斤！

方　平　啊？

范智群　完全没道理嘛，谁知道他夏玉良是谁，书上写了我的名字，人家才要看嘛。但是，长远来看，我要感谢他。

方　平　感谢他？

范智群　他的话和他的行为刺激了我，我在想，他在做什么，我在做什么？在那样艰苦的条件下，他都在坚持科研，而我，每天浸泡在文山会海，指导这个又批示那个，教学、基建、科研……好像我样样都懂，但又样样稀松。我必须要在别人的著作上打酱油吗？我就不能做出自己的成绩吗？所以，方平，我没有到退休年龄，就来到了科研战线。

方　平　范老师，我在想，夏玉良那个时候，他没有经费，他有帽子吗？

范智群　帽子？

方　平　他是什么学者，他享受不享受一些来自政府的特殊津贴？（从包里取出一摞文件）他需要填花样繁多的申请表格，需要关注各种基金申报吗？当时的他，需要每年汇报科研工作量吗？我反而很羡慕他。

范智群　羡慕他？

方　平　他有大把时间。老师，我申请把我的照片从宣传栏里撤出去！（将东西递给范）还有这些，我一张也不能填。

范智群　（接过，念）“优秀人才推荐表”“大江学者评选”“优秀青年基金”“组织部后备干部登记表”“杰出青年科学家”……这些表格你一张也没有填？这是多少人求之不得的机会。你固然很优秀，十年发表了21篇论文，有许多篇都发表在一级刊物上，平均影响因子达到38，对于一个还不到40岁的年轻人来说，已经很了不起了！但是方平，酒香也怕巷子深！

方　平　老师，我怕我们只顾着宣传酒，而忘记自己的职责是酿酒。

范智群　什么？

方　平　一个优秀的科研工作者应该出现在实验室里，不是吗？而我最近几个月以来，白天忙着开会，出席各种颁奖活动和表彰大会，我直到晚上才能出现在实验室。国外最新的研究杂志，在我桌上积满了灰尘。我屈指算算，我有半年时间没有阅读第一手的外文资料。

范智群　可我们每周都组织博士生、研究生做报告，汇报最新研究成果。

方　平　那是听人道听途说来的，不是我亲眼目睹的。我相信我自己，我的眼睛头脑能够分辨出不一样的东西。我不要这些荣誉，如果可以，我想换点别的。

范智群　什么？

方　平　时间，以及自由。

范智群　你已经很自由了。

方　平　不，我不自由。我申请暂时免除我两年的科研工作量。

范智群　你不做科研了？

方　平　不，我想继续研究TP-53。

范智群　那个不是已经做出数据、写成论文了吗？写成论文，它的研究就结束了，你应该开始新的研究。

方　平　不，不，我觉得研究并不彻底，直觉告诉我，我们还应该有更大的发现！我们在常温下运用基因魔剪对其进行了 50 次基因编辑，测试了 7 个位点，百分百阻隔癌细胞，效率在 21.3% 至 41.3%。这是让医学界沸腾的消息……可我们才做了十六个月。

范智群　不，我们做了整整五年！

方　平　前面五年一直在走弯路，不断修改实验方案。

范智群　这不正好说明，前途是光明的，道路是曲折的吗？

方　平　可我担心数据中有水分。

范智群　为什么？

方　平　直觉。还记得那只猫吗？薛定谔和他的猫，关着猫的盒子在打开的时候，里面允许有两种可能，死猫和活猫。这是科学研究的不确定性，可以证实，也可以证伪。但目前我们的基因蛋白实验中，无一例外是成功，数据和我们预想的不差分毫！这太过顺利——

范智群　时刻保持清醒头脑，这是对的。

方　平　您答应帮我申请？

范智群　别的都好说，但科研工作量……学校一直在想当全省老大，你很能写，你要是不写，我们学校的科研排名马上要掉一大截！

方　平　老师，我要被榨干了，我的脑子，这儿，转不动。我明明知道实验有问题，可我发现不了！老师，这些荣誉我都可以不要，我只想暂时不申请项目，不写论文，好好歇一歇。

范智群　我知道，你不是偷懒的人。但科研工作量是学校的规定……也罢，为了你，我试着去违反一下原则。

方　平　谢谢老师。

范智群　最近家里怎么样？你脸色不太好。

方　平　还好。

范智群　我听说，小诺最近回家很晚？

方　平　也没有，您听谁说的？

范智群　我看，她就没有准备好做一名科研工作者的妻子。

方　平　她很好。

范智群　你不要瞒着我了。你看看我们学院这些老师的家属，哪个不是把家务照料得妥妥当当，有哪个自己在家睡懒觉，还要让丈夫打电话叫外卖的？

方　平　我没有资格指责她。我不能常常在家陪她。

范智群　方平，你有些选择做得太匆忙，需要人帮你好好把把关。

方　平　我需要的是安静下来，把我的生活好好想一想。

范智群　我同意，你想去哪里？（电话响）等一下，我接个电话。（接电话）喂……院长……什么？重点学科申报？真的？不，不，这不是我的功劳，这主要是方平，是他带领学生们做出来的……

方　平　我……

范智群　（用手势阻止方平）是的，值得庆祝的事……是要树立典型……这简直是双喜临门！好，我马上到！（挂电话）

方　平　怎么？

范智群　好消息，重大好消息！上个星期，在学校食堂遇到院长，他问起我们实验室的情况，我就把基因蛋白的突破跟他说了。他非常兴奋。

方　平　可是——

范智群　继续听我说呀，他昨天到省里开会，遇到省委的一位科研口的领导，谈起这件事，领导比他还兴奋！要把我们实验室升级为省级重点实验室，还要我们的生物学科申报省级重点学科——更夸张的是，今天，管科研的省领导就亲自来到学校，要亲自抓这件事了！

方　平　啊！

范智群　申请到重点学科，意味着能够获得更多经费支持，能做更多的事，带动其他学科发展，一直到全校的突飞猛进！我当校长的时候，一直盼着学校能成为省属重点高校，没想到，这一天真的等到了。你说，这是不是件喜事？

方　平　有了经费，我们就能够购买更先进的仪器和设备？

范智群　当然。而且领导上还说了，这批经费专款专用，任何部门都不能截留。

方　平　太好了！

范智群　所以，方平，恐怕我不能答应你刚才的请求。你不能休息，你需要抓紧时间，把那篇 TP-53 的论文赶出来！

方　平　我们可以向领导汇报实验进展，至于论文，现在有些仓促吧？

范智群　领导要实打实的成果，不能画饼充饥。一项科研做出来不算，要发表出来才能算！这篇论文不参加癌症大会，而是投《自然》杂志。

方　平　《自然》？

范智群　杂志论文比会议论文的科研绩效分高。重要的是，从文章投稿到发表出来有一个周期，这个周期可能会有半年，你就在半年之内好好重复一下实验，这不是两全其美的事吗？

方　平　可是，生物实验充满不确定性，提前设定截止日期——

范智群　只是一点数据水价，大方向大框架没有问题，不是吗？再说，哪一项研究不要设截止日期？

方　平　这……

范智群　方平，我们再拼一拼，你想想，这是治疗癌症的方法啊，如果一旦转化到临床，将会给多少癌症患者带来希望，挽救多少个濒临破碎的家庭。方平，他们都会感激你的！

方　平　我——

【电话又响。

范智群　（接电话）好，好，我马上来。（对方平）他们在等我过去。要不，你跟我一起来，让他们见见你这位后起之秀！

【方平茫然。

【切光。

第三场

【光起，方妻出现在光圈里。

方　妻　命运真的非常奇妙。比如我和方平，我没想到我们会在一起，在一起之后，我也没有想到，在那个夜晚过后，我们会永远分开……我们是在匹兹堡认识的。我们互有好感，但还远没到谈婚论嫁的地步。他回国的时候，我恰好也想回国去看看，就和他一起回去了。可我没有预想到的是，一下飞机，他未来的工作单位，给了我们一个措手不及……真的措手不及……我们出了机场，来迎接我们的是一辆装饰着鲜花、贴着大红喜字的婚车，我们以为是去参加别人的婚礼，谁知道车一直开到了学校为人才提供的别墅区，就在那儿，我看到“热烈欢迎方平博士贤伉俪”的横幅。我纳闷地问方平——

【方平出现在光圈里。

方　妻　方平，你没跟我说过，你结过婚！

方　平　我……我也不知道我结过婚……

方　妻　你看那上面写着！哪个是你的妻子？你不该瞒着我！

方　平　我不知道……你看，大家都看着你……八成是弄错了！

方　妻　啊？

方　平　我只是说我和一位女士回国，我并没有说……我来告诉他们，我来说……还是你来说？

方　妻　不，不……

【回到方妻的叙述。

方　妻　原来，校方为我们准备了一个婚礼，作为迎接我们的仪式……校长担任证婚人，书记亲自点燃的鞭炮，有一位副省级干部送来了贺信，记者们举着闪光灯和话筒，而民政局的领导现场办公，专门为我们颁发结婚证明！（稍顿）让人头晕目眩的一天……我才刚刚说个“不”字，便有人说：“别墅需要一个女主人，一位科研才俊需要一位贤内助。”民政局的官员，用坚毅的眼神告诉我：他手中的大红证书非颁发出去不可，他可不白来这一趟，如果犹豫，请不要挡道，此处有的是替补队员……

【方妻踱步。

方　妻　在我的记忆中，跟这样的仪式一样盛大的，在现场也在媒体上被围观的，那就是方平他们那篇关于 TP-53 蛋白的基因编辑成功的论文发表之后……电话此起彼伏，微信也嘀滴个不停……无数的陌生人，无数友好微笑的脸庞……

【光起，一间卧室，方妻走到一台手提电脑前。

【光起。随着微信聊天的铃声，另一女子出现在光圈里。她的发型、衣着打扮，都和方妻十分相像。

女　子　你好。

方　妻　你好！

女　子　祝贺你！你的先生在国际刊物上发表了重量级的论文，引起了不小的轰动。

方　妻　哦，谢谢……不，不，这不是他个人的成果。能取得这样的成果，首先要感谢学校的支持，感谢领导的关心，感谢我们科研事业的好政策……这项成果是实验室全体研究人员努力的成果……

女　子　词儿还挺熟的。

方　妻　什么？

女　子　获奖感言，你一定练了很久。

方　妻　（冷淡下来）哦。对不起，您还有别的事吗？

女　子　等等，别急着挂。我在看你的朋友圈。

方　妻　我的？

女　子　你要屏蔽我，不对我开放朋友圈吗？

方　妻　我……

女　子　我看到你的朋友圈里，有一款蒂凡尼的撞色耳钉，这个月新出的款，就是 11 月 5 日那张照片。

方　妻　哦。

女　子　这是谁买的？

方　妻　（迟疑）我丈夫，去巴黎参加学术会议，在巴黎机场转机时买的。

女　子　据我所知，转机时间很短，大概四到五个小时？购物的话要出关。他挤出时间，冒着不能再次顺利入关登机的危险，给您买了耳钉？

方　妻　为什么不？您太大惊小怪了，这不是理所应当的吗？

女　子　可著名的卢浮宫就在机场旁边！您丈夫放弃去看卢浮宫，只为了给你买一副便宜了几百块的耳环！他一定很爱你。

方　妻　这……

女　子　当然，我能理解你的心情。因为，你没办法把卢浮宫戴到耳朵上，但蒂凡尼却可以。耳环在您耳朵上晃啊晃，一旦有人问起，您就可以回答，这是我先生在法国买的，他去法国是为了参加学术会议，这个会议讨论的重点是他新近发表的一篇影响因子达 30 的关于 TP-53——

方　妻　够了！

女　子　您站了起来。

方　妻　你说什么？

女　子　您的手抓住了椅子。

方　妻　你是谁？你在干什么？

女　子　我在看你。

方　妻　看我？

女　子　我有一个非常特殊的望远镜，它很长很长，能一直伸到你的家里去，你在家里做什么、说什么，我这里都一清二楚。你现在躲到了窗户那里，没有用的。我能击穿你的外表，直达你的内心，我的望远镜。

方　妻　你是个疯子！

女　子　我看到了另一个男人。他前来拜访过你，他不是你的丈夫。这副耳钉是他送给你的，不是吗？

方　妻　你到底是谁？

女　子　无聊的邻居，我们这里太死寂了。我不得不找点乐子。对了，我还看到一张购物清单，你丈夫去瑞典领奖时要给你带回来的——

方　妻　清单？

女　子　一系列待购的奢侈品，五花八门，从维生素到化妆品……

方　妻　你瞎说……你到底是谁？

女　子　我是谁？

方　妻　你是谁？

女　子　我不告诉你。

方　妻　胆小鬼！

女　子　不，我是为了刺激你的想象。你可以把我想象成任何一个人，你身边认识的每一个人，都可能是我。

【女子挂电话，隐去。

【方妻惊慌地拉开窗帘，朝外看去。

【昏暗的房间似乎明亮了一些。

【一个男人出现在光圈里。他平头，戴眼镜，但我们看不清他的脸。

【方妻手机响，她犹豫不决地接听电话。

男　人　（急切地）对不起，我的太太刚才对你不礼貌。

方　妻　你太太？

男　人　她刚才跟您通电话了，她吓到您了吧？她脑子有病，请您原谅。

方　妻　您不能用脑子有病来推卸责任。她说她有一架很长很长的望远镜，我想知道，这是不是事实？

男　人　这个……

方　妻　必须告诉我，不然我报警！你们监视我！

男　人　她真的有病，不骗您。她是从精神病院里给您打的电话。

方　妻　精神病院？随口编的吧。

男　人　您听我说，她常常怀疑我是个虚幻的存在。

方　妻　虚幻的存在？

男　人　实话跟您说，我是一名科研工作者，我平时的工作很忙，一年中大部分时间都泡在实验室，春节也在写基金标书。我们的工作不像人们想象的那么清闲，实话说，我们的工作有点像出租车司机，每天一睁眼，你就感觉自己欠单位几篇论文……我妻子见到我的时候并不多，后来，她读了一篇小说，讲一个女孩的爸爸去世了，妈妈和奶奶为了让她有个美好的童年，瞒着她说爸爸出差去了。她联想到自己，认为我早已不在人世。

方　妻　你在讲故事吧？这怎么可能！

男　人　一开始谁也没当成回事，后来幻想越来越严重，我就带她到我上班的地方去，证明我确实活着、在工作。

方　妻　结果呢？

男　人　回来好了没几天，又突然生出新的想法，认为我被关了起来。要不然为什么不能天天回家，而非得到单位来探望呢？

方　妻　啊！

男　人　后来我不得已，天天回家，但我的时间不掌握在自己手里，而掌握在实验手里。什么时候实验需要，你就必须出现在实验室里。我的聘期也快到了，如果不能够在规定时间内完成约好的论文和项目，我就必须得走人，科研经费得还回去，奖励交回去，房子交回去，车子交回去，老婆也得交同去……哦不，是老婆的工作也得交回去……一家老小就得重新颠沛流离，居无定所……所以经常发生的是，她发现上一分钟我还在家里，下一分钟我就不见了……

方　妻　不见？

男　人　这种神出鬼没、时隐时现，引发了她更大的精神恐慌，她进而怀疑，老公是个虚幻的存在，是她假想出来的。这时候，我再怎么抚慰都不管用了。后来，我把她送进了精神病院。

方　妻　太残忍了。

男　人　没办法，实验太忙了，我没有办法一边做实验写论文，一边照顾家庭。至少那里人很多，她对着墙壁说话也没人觉得奇怪。

方　妻　等等，听起来很真实，但我还是有点怀疑。

男　人　我可以告诉你她的住院床位，你可以自己去看。市精神病院重症病室 A109B 床，护士台电话 63890675 转——

方　妻　啊！

男　人　您信我了吧？您现在信我了吧？

方　妻　我……我不知道……

男　人　命运很奇妙，不是吗？（笑）

方　妻　您还笑？

男　人　我的妻子，她发病的时候，喜欢乱打电话，喜欢胡言乱语。她说我乱搞男女关系，有重婚罪。说我在某个陌生的地方，还有一处家室。那是一幢豪华别墅，里面住着我的第二个老婆！

方　妻　依我看，你应该跟她离婚。

男　人　离婚？我也想过。但我不敢。

方　妻　为什么？

男　人　她威胁我，如果我敢动这个念头，她就向学术委员会举报我科研造假。

方　妻　造假？谁会信她？

男　人　她会说得有声有色，发表在某某杂志上的文章，某某数据是假的。实验记录上的日期造假，我根本没有给小鼠实施心脏瓣膜手术，那一天我不在实验室而是她跟我开车去某个景区，她有照片为证……她是个阴险的女人，她假装很爱拍照，其实是在留下证据——

方　妻　什么？

男　人　她还说我贪污科研经费，公款私用，购买虚假发票。你知道的，我们邮箱里常常会收到这一类邮件，我从来都是一删了之，可她冒充我的口气跟人家聊天，让人家寄假发票来……我发誓，这些事情我全不知晓！

方　妻　我非常同情你，听起来，你的生活简直——

男　人　简直难以描述。您能理解太好了。

方　妻　我难以相信世界上有这样的事。

男　人　是的，我也觉得难以相信。我常常想这是假的，一切都是假的。您这样想过吗？

方　妻　假的？

男　人　您确定自己生活在这个地球上吗？您确定您周围一切是真的吗？

方　妻　您在说什么？

男　人　您相信我妻子有这样一个望远镜，能看到一切的望远镜吗？

方　妻　我不相信！

男　人　对了，您拉开窗帘，您看看您四周，除了一排排高大的云杉，您看得到别的东西吗？

方　妻　不能。

男　人　对的，它阻隔了你的视野，让你与世隔绝。你告诉自己这是容积率非常宽阔的别墅区，在树的外头是一栋别墅，然后又是别墅……可你却看不到。

方　妻　看不到……

男　人　有没有可能，这一切是假的？聊斋你看过吧？那些鬼狐精怪，他们幻化成人形，幻化出楼台亭阁，但转眼之间，一切消失不见，只有你和空气。

方　妻　啊……

男　人　你所谓的亲人，丈夫，TP-53，全是假的，假的，没有的，不存在的……你想过吗？

方　妻　啊！

男　人　您看起来受到了影响，您开始相信我的话了，是不是？来，让我们试着想象，这一切都是不存在的。那些蒂凡尼不存在，那些矗立在我们四周给予我们安全感的墙壁不存在，那些约束我们的条条框框不存在，我们生活的是一片巨大的虚空！仅凭一双男士拖鞋，一套洗漱用品，就能确定研究 TP-53 的丈夫的存在吗？不，不能！

【方妻尖叫，挂电话。

【方平上。

方　平　你怎么了？

方　妻　……我想搬家，搬家。

方　平　搬家？

方　妻　这里有两个神经病，女的说有长长的望远镜，要一直伸到咱们家里来……而男的……真可笑，我都不知道他在说些什么，一会儿说买奢侈品，一会儿说失业，一会儿又攻击你数据造假，要举报你……

方　平　你应该出去找份工作，你神经过敏。

方　妻　没有学位，我能找到什么工作？

方　平　你可以到我的实验室来，许多妻子都是陪伴在丈夫身边，担任实验助理。

方　妻　可我是旅游专业的，我对生物医学一窍不通。我也怕那些溶剂对我的皮肤造成伤害。你别碰我！而且你承诺过我，我不用工作！但你骗了我，学校跟公司一样，完不成业绩，随时得开路。你如果因为完不成指标被辞退……我们也没有房子，我们也无家可归。

方　平　不会的，这样的事不会发生在我身上。

方　妻　那太好了！这次你出国开会，我要跟你一起去！

方　平　一起？

方　妻　我不回来了！我们一起留在那里！

方　平　不可能！

方　妻　可能！摩森告诉我，他的实验室随时欢迎你加入！我们是朋友——

方　平　你见过他了？你这副耳钉哪来的？这不是我买的。

方　妻　这……

方　平　是他送的？他竟然没有告诉我！

方　妻　这没有什么，我和他只是朋友，我不喜欢他。但他现在有能力带我们出去，我接受他的礼物是为了尊重他。

方　平　我知道了。

方　妻　你不要误解。

方　平　我想要写点东西。

方　妻　是吗？那我不打扰你了。（下）

【方平迟疑一下，手指快速在键盘上飞舞起来。

【电话响。

方　平　（犹豫，接起电话）喂？

【男人和女人出现在光圈中。

女　人　你在写什么？

男　人　“中国科学发展的一些建议”？

女　人　（继续）“不要设定科研的截止期限，尤其是不要设定三年、五年的标准。十年树木百年树人，能三年五年做出来的实验，都是些小实验，出不了重大成果。”

男　人　这是什么呀！如果不设期限，有人故意拖延时间，浪费科研经费，迟迟不出结果怎么办？

女　人　还有这条：“取消对阶段性成果的限制，取消每月的科研周报。”

男　人　阶段性成果、科研周报也不要？那还如何监控你们实验的进展？

女　人　“允许重大课题宣告失败”……什么？你为什么写这个？

男　人　我猜对了，是不是实验出问题了？

方　平　我不知道。

女　人　可你们投给了《自然》，而且都发表了！人们纷纷在表示祝贺！

方　平　我不知道！

男　人　丑闻，大丑闻！大丑闻！

方　平　不，不是！

【女人和男人的笑声。

方　平　不、不！

【切光。

第四场

【电视广播的声音：

本台消息，本台消息！我国科学家方平及其带领的研究团队，已经成功发现能够攻克癌症的基因蛋白 TP-53！这意味着我们的生物医学事业迈向一个新台阶，成为世界上不可多得的掌握这种技术的先进国家！从此后，治愈癌症不是梦想……

【朱克亮出现在光圈里，他关掉了广播。

朱克亮　我叫朱克亮。在我打算考研时候，我去拜访研究生毕业的学姐。她告诉我，研究生导师，也就是俗称的“老板”，分成四种类型。第一种是能力强人品好，这种老板是可遇而不可求的凤毛麟角。第二种，人品好能力不强，形同鸡肋。第三种，能力强但人品差，那是前世冤家。第四种，能力差人品也差，那是绝命毒师。她告诉我，就是宁可不读研，也不要遇见第四种导师。我选择了范智群，他当时是校长，当然也是各种领军人才和各种先进模范。但是，我想，我大概我名字里有个“克”的缘故，我“克”导师——在我入学的第二年，他就从校长一职上退下来，沦为一个普通的博导。我读博的第一年，在一个扑朔迷离的夜晚，发生了一件彻底终结他学术生命的事件……

【范智群和院长出现在光圈里。

范智群　（震怒地）这是别有用心的中伤，中伤！我要求彻查，到底是什么人在举报，他又抱着什么动机！“文革”都已经过去了，怎么还有人打黑枪，打闷棍。

院　长　范老师，请您不要激动。

范智群　你看看这举报材料，对我们什么时候购进实验小鼠，什么时候开始实验，用了多少份试剂一清二楚，这一定是内部人干的，那些嫉妒我们成果的阴暗分子！

院　长　写举报信的是不是学校里的人，我们会慢慢调查。眼下更棘手的是，确实也有国外实验室声明，按照我们的方法他们无法观测到 TP-53 蛋白对癌细胞的作用。

范智群　方平不是已经在做实验，在用事实回答他们了吗？

院　长　可实验做到现在，一个多月过去了，毫无结果。

范智群　你们文件上的一个统计数字，写下来连一秒都用不到，但我们在实验室里，为了这一个数字可能要做上几个月、几年，一个月了不起吗？生物实验的随机性是出了名的！

院　长　可这是你们声称做成功的实验，重复起来，也需要这么久吗？

范智群　你想说明什么？

院　长　范老师，我比你们任何一个人都更希望这个实验的成功，因为，这是我们重点学科申报中的代表性成果，申报重点学科成功，对学校意味着更多经费、更多可能，能够向国内一流的大学冲刺！在这个关键时刻，申报材料中弄虚作假，您当过校长，您知道这意味着什么。

范智群　如果不是为了申报重点学科，我们原本可以有更充裕的时间！

院　长　就是因为你们的仓促，重点学科有可能毁在你们手中！

范智群　那么，都怪我们了？邢院长，之前是谁打电话给我，要我们赶快发表成果的？

院　长　范老师，现在不是争论责任的时候！有件事我必须告诉您，学校已经派了夏玉良在调查这件事。

范智群　调查？我怎么不知道？你们这是不信任我！

院　长　这件事的影响太……大了，市里省里领导有压力，在国际上影响很坏。上头要求我们必须尽快对外作出一个交代。

范智群　偷偷调查我？还派夏玉良？不，我反对！

院　长　这是校领导联席会议的决定。

范智群　夏玉良这个人心胸狭隘，他凡事跟我对着干！

院　长　这件事，组织上也知道。你要明白领导的苦心，只有派一个跟您观点素来相左的人，对外界才会有说服力。

范智群　你们只顾撇清自己责任，你们要跟我们切割——

院　长　范老师，你们的实验，难道经不起检验？

【范智群无言以对。

【夏玉良上。

院　长　我们还是听一下夏老师的意见。

夏玉良　这是调查报告。经过初步调查，我认为，TP-53 的实验过程不够严谨，实验记录缺失、不规范。

范智群　什么？

夏玉良　这是我对他们实验记录日期的一份整理表，这一份，是对他们实验数据的威尔斯曲线分析。我有理由怀疑，这其中的一些实验记录要么不存在，要么是后补的。

范智群　什么威尔斯曲线？

夏玉良　这是我自己开发设计的一款电脑程序，专门用来检测实验记录的真伪。

院　长　请您说详细一点。

夏玉良　如果孤立地看一份份实验记录，很难发现其中的问题。如果将它们综合起来，在坐标轴上按时间、效果、操作人连成一条曲线，那么很容易看出破绽。毋庸讳言，我们学术界，这些年的浮躁高烧不退，这股风气也影响到学生，他们又要考研，又要考公务员，又要出国，又要拿这证那证，哪有这么多时间和精力沉淀在实验上？按道理应该重复上几十次、上百次的步骤，就这样被他们忽略了。（看着范智群）因为魔高一尺，所以道不得不高上一丈啊！

范智群　夏玉良，你打击报复我可以，但请不要牵连到学生身上！

夏玉良　我不确定你是否知情！当然，这并不能证明，他们实验是假的、无效的。

院　长　啊？

夏玉良　我想，他们太过仓促，做成功了一次和几次实验，就忙着写成论文发表，公之于众。

院　长　这是什么意思？

夏玉良　像作家创作作品一样，一篇作品纵使写完，仍然有许多细节有待改正。生物实验更是如此，一个实验虽然做完，也得到了实验结果，不代表就结束，仍然需要做大量的工作，落实实验中每个细微的步骤。

院　长　那么，许多实验室无法得到和他们一样的结果……

夏玉良　我也在思考这个问题，从好处去考虑，还有一些未能被人类掌握的科学原理。我建议给课题组更多研究时间。

院　长　更多时间？公众会认为我们在包庇纵容。您看看，学校门口聚了很多人。

夏玉良　如果你上网去看，那里聚集的人更多。

【群众的呼声。

声　一　没有人能重复他们的实验？

声　二　不用说，真丢脸，他们造假，造假！

声　三　前头一百多篇论文被撤，现在又实验得不到验证！

声　四　让他们出来，出来，不能放过他们！

【众人消失。

夏玉良　为什么群众会如此义愤填膺？因为我们很久之前就失去了公信力！

院　长　什么？

夏玉良　我们要向他们公开调查的结果，向他们保证，如果调查实证实验存在问题，我们会毫不手软地加以处理，不加任何顾虑。

范智群　老夏，你到底要唱红脸还是唱白脸？

夏玉良　我只想不偏不倚。

院　长　这……

夏玉良　但在得到确证之前，请群众暂时保持克制。

院　长　克制？

夏玉良　群众关心科研成果，这代表我们科研事业的进步，代表科研的重要性越来越得到全社会的共识。这是好事！但比之重要的，是专业，相信专业！我会去站到手术室里给病人开刀吗？我会去指导一名厨师如何烹饪吗？我会去教政府首脑如何治理国家吗？我会教妇女生孩子吗？我不会，我有自知之明！如果承认这是科学实验，不是人人能参与的娱乐节目，就请给科学家充裕时间，让他们有足够的时间去证明。给予充足的时间，时间到了没有完成，再启动惩罚机制，这，就是我的调查小组的结论。

【范智群深为感动。

院　长　这个我作不了决定，我要向学校汇报。（下）

范智群　老夏……谢谢你刚才仗义执言。

【夏玉良看他一眼，没有说话，打算离开。

范智群　老夏！我为我刚才对你的态度，向你道歉。

夏玉良　（躲，愤怒地）老范，你干什么！

范智群　向你道歉，为我自己的态度。（又要鞠躬）

夏玉良　停，停！三鞠躬，你是要向遗体告别吗？你在任何时候都不放弃伤害我。

范智群　老夏，我从来也没有伤害过你，我真的很冤枉。如果我想打压你，我还会花大力气，通过“121”计划，把你从偏远地区调回到学校来吗？

夏玉良　别提你的“121”，提起来我就来气！

范智群　没有它，你怎么能回来？给人才待遇，难道不对吗？

夏玉良　你的“121”计划，不可否认，它在一定阶段有它的先进性，先实现人才、论文、实验室量上的增长，然后再实现质的飞升。

范智群　我就是这样设计的！

夏玉良　但它的副作用也很明显，随着时代发展，越来越明显！我校一夜之间引进了众多人才，在许多学科方面都飞跃发展，也诞生了许多在国内外有重要影响的论文和学者。但是，十年、二十年过去了，这些学者都还在吗？

范智群　这……

夏玉良　如果有钱和良好的待遇，不管什么样的人才，明天就能到位，那么，有什么理由和动力去慢慢地等待一个人成才呢？你们也不需要培养人才，万一你培养的被人家挖走呢？这样下来，中国不需要有更多的人才，只需要有一批随时流动的人才部队。他们像打仗时的雇佣军一样，只要有钱，随时能为任何势力效力。所以，看上去中国人才济济，但你数一数，差不多是同一批人？正是因为有你这样的领导者，才出现了专门以跳槽为生的老师。一个四处流浪，无法在一个地方扎下根来的科研工作者，不是个有前途的工作者！

范智群 你看看你现在的成就，如果你还在那个公社里放你的羊，你能是博导、学术委员会主席吗？

夏玉良 我正想问问你。你把我从大西北的公社上调到学校，把我当人才引进，你是为了什么？

范智群 不为什么，为你是个人才，应该得到更好的条件。

夏玉良 就这个？

范智群 还能有别的？咱俩专业相近，不能成友就成竞争对手，我如果想害你，我还把你调回来？

夏玉良 可我当时正在养一群羊，我克隆羊。

范智群 算不上克隆，那顶多是杂交。

夏玉良 随便你说，我培育出一种非常适合在大西北生存的绵羊，产毛率高，羊毛的质量也很好。

范智群 你是很了不起，在那样的条件，都能做出科研来。

夏玉良 可是你把我一上调，我的羊就没法儿养了。这个校园里，你看哪里能够养羊？我就把羊给杀了。

范智群 啊？

夏玉良 所以，你把我调到学校，表面上是帮了我，其实，你毁了我的羊。

范智群　不，不，不能……你出了许多成果，你！

夏玉良　我一直想重新把那只羊的实验做下去，我兴致很浓厚，但却迟迟不动手。

范智群　为什么？

夏玉良　因为我是聘用来的人才，我每年的工作量要考核，我要发表一定论文申请一定经费，我得先完成这个任务，我必须把个人兴趣放一边，我要先满足学校学科发展的需要！我，我也不知道这对不对……

范智群　我现在就打电话，你可以做自己想要的——

夏玉良　能回去吗？我做的项目都是有钱的，习惯了拿钱之后，不拿钱而感兴趣的项目，我就不想做了。

范智群　我真不知道，我以为有了宽敞的实验室，有了先进的实验设备……

夏玉良　现在国家政策是好啊，奖励五花八门，这学者那学者，这千人那千人，这优秀那杰出……国家是一片好意，但我们有些部门执行的时候走了样，成了唯头衔、唯论文，胜者通吃，这慢慢让人们将一辈子就放在填表申请、装订材料和等待批复中了。你的头衔越高，你发表的论文越多，你离科学就越远……倒是你，你在做癌症基因蛋白疗法实验，你坚持做了五年，你想出个大成果……

范智群　我……

【尴尬的沉默。

范智群　热，真是太热了……

夏玉良　热？

范智群　你看外面的日头，不热吗？

夏玉良　阴云密布，寒风四起，我看，一会儿就要下雪。

范智群　都十二月了，我感受不到一点点寒意——

夏玉良　这是天时不正、气候异常！你瞧吧，马上就会比南极都叫人冷得发抖，我的鼻子嗅出来了，我马上要到商业街去买件羽绒服去，穿上羽绒服，我还得裹上被子，三重棉被！因为，这天实在是太冷了！

范智群　老夏，你……

夏玉良　老范，实话跟你说，我恨你，我一句话也不想跟你说！（下）

【范智群愣。

【方平上。

方　平　老师……

范智群　方平，这实验你做过没有？

方　平　我做过，这也是我最早观察到 TP-53 蛋白对癌症基因起效果的。但数据不像现在这么完美！

范智群　为什么会这样？

方　平　为了早出成果，我们把学生逼得太紧了！他们三班倒，一天仅有六个小时的休息时间。我们有十几位该毕业的同学，因为这个实验而延迟毕业。硕士生还好办，可以让他们直博，但博士生——他们要找工作，有的还有家庭……

范智群　你为什么不早说？

方　平　我曾经跟您说过！

范智群　你说的是有一些数据水分！实际情况不是你说的这样！

方　平　我有过这样的担心，我没想到它是真的！如果您允许我做下去，不急着把论文投给《自然》杂志，我们还有挽救的机会！

范智群　那天你跟我一起去开会的，是不是？你为什么当场不说？

方　平　我不知道在那样的场合，我应该不应该提这个话题。你们讨论的也并不是这个话题，你们只是在讨论学校未来的规划，未来的大发展！

范智群 你、你……

方　平 范老师，我并未对实验完全丧失信心。这几天，我甚至觉得实验有重大进展，我只是希望，让我静一静，不要让人来调查，不要让人来同情，不要让人来询问……要相信，对于 TP-53 蛋白，没有人比我更了解，我需要的是时间，在脑海里回想起每个蛛丝马迹……

范智群 我能替你做什么？

方　平 时间，空间！

范智群 我知道了。（下）

【方平欲下，朱克亮上。

朱克亮 方老师，您一个月挣多少钱？

方　平 什么？我不知道。

朱克亮 大概一万三到一万五之间。您的妻子一个月要花多少？

方　平 我不知道。

朱克亮 我知道她买一双鞋要三千九。劣质的鞋会伤害她的脚，这是她朋友圈里发的内容。

方　平 我不知道。

朱克亮 您一年工作时间是多少？

方　平 没有算过。

朱克亮 一般的上班族，工作日每天八小时，共计是 1992 小时。而科研工作者是没有上下班之分的，一天按 12 小时算，都是客气的。一年算下来，大概是 3920 个小时——差不多是普通人的两倍。

方　平 你怎么这么清楚？

朱克亮　因为我刚好看到了篇文章,《大学老师的真实生活状态》,里面提到，近半年以来，有两位四十出头的科研工作者，因为劳累过度而猝死。方老师，您是不是考虑一下。

方　平　什么？猝死？不，我还要做实验。

朱克亮　您已经连续工作七十六小时，超出人类极限了。

方　平　不，还没有。在匹兹堡大学的时候，连续一百二十个小时，我都干过。再见。

朱克亮　你现在不应该去做实验。

方　平　那我应该干什么？

朱克亮　你应该去谈判。

方　平　谈判？

朱克亮　去认定实验失败的责任！

方　平　责任？

朱克亮　我刚才听到，他们在谈论实验失败后，对你的处罚和责任认定了。我觉得，实验失败，责任不能只是你的，是我们的实验室的，那是他们的。

方　平　他们的？

朱克亮　那些负责领导指挥的人，那些实验成功之后，他们的功劳簿上会记上一笔的人，那些希望短时间内出重大成果，一夜之间赶上哈佛、耶鲁、斯坦福的人。

方　平　（拍朱克亮的肩）小朱……

朱克亮　告诉他们，鱼死网破，他们和我们在同一辆战车上，他们别想只抛下我们。

方　平　没有用的，我还是先把实验做好。现代化不是吵出来的。

朱克亮　把实验做好，一切就都好了吗？方老师，我觉得您像那只猫，被关起来的猫！您只知道呆在盒子里，根本不关心外面发生了什么！

方　平　外面？等等！我好像想到了什么……

朱克亮　什么？

方　平　猫，盒子……盒子，猫……（欲下）

【火光从天空升起。

【外面突然传来人声。

声　一　他们到底做出来没有？为什么这么久没有答复？

声　二　把他们揪出来，不让他们拖延时间！

声　三　冲进去看看，不能让他们这样浪费国家财产！

声　四　不应该有反腐照射不到的角落！

朱克亮　等等，实验室失火了！

【方平下。

【火光越来越亮。

【范智群上。

范智群　这是什么地方失火了？

朱克亮　我不知道！

范智群　是实验楼，你快去看看！

【他俩追到一半止步，只见巨大的火球腾空而起，吞噬了半个天空。

范智群　（退回来）方平！

【切光。

第五场

【这幕场景很难描述。它不是现实中的，是以白色为主的梦幻场景。

【方平上场，他保持着上一场那种奇异的兴奋。

【许多五彩的肥皂泡从天幕降落。他兴高采烈，笑容满面，孩童似地捕捉着这些泡泡，并一个个戳破它们。

【朱克亮追上。

朱克亮　方老师，还认识我吗……我是小朱，朱克亮。

方　平　现在人们不叫你小朱了，通常喊你朱博士，或者朱教授——

朱克亮　和您一样，我从学校毕业后去了匹兹堡，在那儿拿到博士学位，现在，我回来了，作为人才引进。真没想到，我有一天，终于成为了你！您想象得到吗？就在同一个实验楼，同一个实验室……

方　平　你说的是烧了的那个吗？

朱克亮　实验室烧毁后重建了，结构和原来一模一样。损坏并不像我们想象的那么严重，那些仪器设备经过修复之后，能够像以前那样工作。这都多亏了您，冲进去拉断了电闸……

方　平　你们还在用那些设备？

朱克亮　不，不用，我们现在有了更先进的设备。那些旧的设备搁在另外的房间。那里被布置成了宣传科研工作的社会基地……这很有意义，提醒我们……

方　平　是啊，很有意义……

朱克亮　您知道吗？那个夜晚之后……现在，我们的条件比以前好很多了。我指的不是实验室大楼，不是越来越精良的设备……而是，我现在不用报销了，不单是我，所有的学生，只要对实验感兴趣，便能来做实验……

方　平　表格也消失了？

朱克亮　没有彻底，表格大多数还是由秘书们来设计，但那些抽风的网页和又臭又长的表格消失了。因为，我们想出一个聪明的办法，任何一个负责制作表格的人，都得自己先填上一遍，不止他，还有他的家人，领导……经过这些人的检验，如果人们的神经没有崩溃、骂娘，那么，这个表格再拿出来给科学家填。

方　平　哦，那真是太好了。

朱克亮　而且，我们也能自主选择研究时间了，不必一定在三年或五年内拿出成果。我们也不需要每月上交科研周报了，如果要监控我们实验的进展，专家可以随时到我们的实验室里来。所有人从一种癫狂中醒了过来，把我们看成是人，有缺点会失败的人，而不是有求必应、万能的神。

方　平　好，太好了。

朱克亮　所以，我们现在的研究，已经不再动辄叫嚷着让谁为此事负责，人们开始接受失败了，我们的媒体上，也出现这样的新闻——本台消息，正在进行的火箭发射失败，发射器不知所终……本台消息，一种新型的治疗胃病的药物在临床试验中发生变异，一名病患不幸丧生……本台消息，国家重点实验室的首席科学家 ××× 终于承认，他之前设想的利用硅元素稀土的设想是无稽之谈……公众对于这样的新闻能够泰然处之了，不再群情激愤，我们仍然能积极地认为，我们的科研工作每天都在上新台阶……

方　平　就只有这些吗？

朱克亮　您还想听到什么？

方　平　不、不，这不是我全部想听到的！

朱克亮　您还想听到什么？

方　平　听起来科学研究环境很宽松，不用担心失败，没有任何可担心的？

朱克亮　不，创新可能失败，但是，有一条红线不能触碰。

方　平　那是什么？

朱克亮　恶意弄虚作假，骗取荣誉和经费。

方　平　这样好，这样好……

朱克亮　谢谢您，您当初的举动……

方　平　什么？

朱克亮　保护了我们。

方　平　什么？

朱克亮　谢谢您。

方　平　我不明白，你回来，回来！

【朱克亮下。

【方平愕然。

【方妻上。

方　平　你？

方　妻　抱歉，过了这么久才来看你。我又结婚了。

方　平　恭喜。

方　妻　这是我儿子的照片，他很活泼。我用很多时间陪他，我和你在一起的时候，我常常想象我们未来儿子的模样……我终于过上了正常的生活。

方　平　我很抱歉，耽误了你这么久。早该烧这么一把火。

方　妻　但你关在这里，我无法幸福。听着，你必须从这里出去。

方　平　我？你怎么知道？

方　妻　我知道，我就是知道，那个夜晚，从你扑进火里那刻，我就知道，你把自己关在这里了。你出不去，除非有人帮助你。我找到了证据，可以证明你清白的证据。

方　平　什么？

方　妻　这是一个实验室学生写给我的信。

方　平　信上说什么？

方　妻　在编辑 TP-53 的实验中，他们筋疲力尽，不胜其烦。他们喜欢连夜加班、埋头苦干、不断出成果的研究生活，或者遇到一个小小的困难，你不费力气就能克服的研究生活，或者遇到一个有点麻烦的困难，但经过一段时间，你总能克服它的研究生活。但他们发现实验遥遥无期，而他们又毕业在即时——你声称做出来初步实验，让他们验证的时候，他们采取了在科学研究中最常见不过的手段——

方　平　什么？

方　妻　修改数据。这群和你在一个实验室里工作的队友，他们想提前下车。于是，他们把基因得到编辑的假象认作是真相，即使后期实验中有人发现了纰漏，他们也不去纠正而是修改数据。一般来说，为了追求实验数据的好看，许多实验室会对实验数据的次序和量进行无伤大雅的微调，但像他们这么胆大的，确实罕见。所以，这不怪你，不怪你，是他们！

方　平　讨论这个毫无意义。

方　妻　不，对我有意义！我不知道你有没有看报道。他们说，你根本不是劳累过度不小心引发的火灾，说是你看实验出不了成果，铤而走险，放了一把火，消灭罪证……

方　平　哦……

方　妻　能讲出这种话的人，我怀疑他骨子里是个纵火犯，随时随地都有理由来上这么一把火。

方　平　那怎么办？总是有这种人的。

方　妻　我不答应。我的丈夫是海外归国的人才，是一位科学家，是青年拔尖人才的获得者。他怎么可能是纵火犯和撒谎的人！我要让他在报纸上公开道歉，我把他告到法院！我要告得他身败名裂、抱头鼠窜、人人喊打！我联合了一位家属，就是经常打电话给我们的那位，她的丈夫也在这场火灾中死去了。我为你争取到了见义勇为的奖章，火是自燃的，你本来是可以逃生的，但你为了抢救国家财产，牺牲了自己。怎么样，你满意了吧？我不能让我的丈夫屈辱地走掉。

方　平　（愤怒地）不，不！

方　妻　怎么了？

方　平　你根本不理解我，你不懂我！

方　妻　什么？

【方平隐去。

【方妻愕然，沮丧地走下。

【以下笑声、对话纯为幕内。

方　平　这些雕像全是高鼻梁、卷头发的，你说，会不会某一天，有座雕像，它是中国人呢？

方　妻　你是想说，这个中国人是你吧？

摩　森　这里有许多未命名的楼，而且，还有许许多多正在建造的新楼——

方　平　是的，我们的机会还是很多的！

【摩森出现在光圈中。

摩　森　方平！

方　平　摩森？你又来中国开会？

摩　森　是的，最新的“癌症高峰论坛”。但我最想见到的，是你。

方　平　哦？

摩　森　大概因为我是黄皮肤，也常常被当成中国人的缘故吧，我非常想弄明白，在TP-53蛋白的研究中，你们，那个夜晚，这个中国实验室到底发生了什么。

方　平　你真有心。

摩　森　你在回避什么？

方　平　我没有回避什么。

摩　森　在你死后，你的妻子搬出了别墅。我们被通知去实验室清理你的一些个人物品。在那里，我看到了你从美国回国时的背包，它们也被扔在地上，空空如也。我把它们从地上捡起来，把你的东西——书籍，实验记录——装进去。方平，你曾经就是用这个袋子，装走了的东西，我又都装回来了。

方　平　你就背着这堆破烂，回了美国？

摩　森　我发现了还要多。

方　平　什么？

摩　森　在一台冰箱里，就是实验室用来储存实验细胞和试剂的冰箱，它们通常有一层一层迷宫似的隔架，隔架非常多，而且彼此之间上下左右互通。如果一瓶试剂没有出现在我们放置它的地方，那么是它滑到别的地方去了，也许藏在那儿，过很久才会出现。你在听吗？

方　平　我在听。

摩　森　多亏你关闭电路，这台冰箱才没有毁掉。我打开它之后，在一个不起眼的隐蔽之处，发现了几瓶TP-53蛋白的试剂。上面用1、2、3的数字编了号，还有日期和冷冻者的姓名。那是F，那是你的笔迹——

方　平　它们难道还有活性？

摩　森　它们被冷冻在液态氮中，冷冻者的技术非常高明，我的解冻技术也非常高明，那些细胞依然拥有活力。不知出于什么心理，我拿它们做了一下实验——因为，我也想弄明白，多年之前，失火的时候，那个号称取得突破性进展，引起无穷争议的TP-53基因蛋白，它在阻止癌细胞的分裂中究竟有没有起作用，结论是——

方　平　摩森，你是个有心人。

摩　森　平，我做完了你没有做完的实验，用你们实验室自己的实验材料，结论是没有。平，没有。你们多年前声称对百分之80的癌症百分百有效的TP-53基因蛋白，证明是徒有虚名。你们在这件事上撒了谎，你们的论文应该被撤下，因为研究成果根本不成立。

【片刻沉默。

方　平　摩森，你是个有心人。自从我们的研究结果遭到质疑以来，TP-53蛋白已经在科学界失宠，而你，却没有忘记它们。

摩　森　你回答我，这到底是怎么回事？

方　平　你为什么这么关心？

摩　森　我非常愤怒，因为我也是黄皮肤。人们常把我当中国人！你们中国假烟、假酒、假文凭、假证明泛滥……我说，不，我不是中国来的，我不会讲中国话。不，请不要对我讲中国话！

方　平　摩森，你认为，我不敢面对实验结果，就放火一烧了之，毁灭证据？

摩　森　不，我当然不这样认为！压垮骆驼的最后一根稻草另有其人。

方　平　谁？

摩　森　院长。我去查了你的通话记录，你接到的最后一个电话号码，就是他的办公室座机。他在电话里告诉你实验失败的后果，威胁让你身败名裂，要把所有过错归到你身上，你愤怒，你感到冤枉，可是你又胆小怕事，所以放火烧了实验室以消灭罪证。

方　平　哈哈，真有意思。

摩　森　什么？

方　平　你的想象。

摩　森　你还不敢面对，承认你们中国有时候封建家长制很严重，唯上唯权，好大喜功，在自己官帽受到威胁时喜欢推卸责任，诿过他人，很丢脸吗？

方　平　我们领导并没有威胁我，事实上，我没有接通他的电话。

摩　森　什么？

方　平　一个男人出现在我的实验室中。

摩　森　谁？

方　平　那个男人。

【在第三幕中的男人出现在光圈中。

方　平　你？

男　人　举报信是我写的。我原来只是胡编，发泄一下，可我没有想到会是真的。知道你们实验数据有问题后，我突然不恨你了，我突然意识到，你不是一个科研神话，你和我一样，只是个普通人，你的运气比我好，你有人罩着你，但你的能力，一点也不比我强。我很高兴知道这一点。

方　平　也许你说的是真的。

男　人　我本来要平息愤怒，对你不无歉意。可我今天刚刚得知的消息，又燃起了我的怒火！

方　平　怒火？

男　人　是的，怒火。事情朝哪个方向发展，我始料未及！这些年，我们科学界，踏踏实实的人一大把，但容易引起人们注意力的，却往往是什么一百多篇论文被撤稿，什么拿别人的发明改头换面贴上自制标签冒充新发明，什么年近古稀、子孙满堂的老教授被曝贪污科研经费……我们不能再要这些负面的东西了，我们需要一点正能量的东西。

方　平　啊！

男　人　夜长梦多。迟迟不出实验结果，公众会更加关心这件事，再有些风言风语，不仅你完蛋，范老师跟你受牵连，学校的重点学科泡汤，学校声誉都会受到严重影响！无论从哪个方面来看，承认失败都是下下招！这个实验，必须成功！

方　平　我不明白这是什么意思。那公众呢？不是要对公众交待吗？

男　人　每天的新闻热点层出不穷，只要放出几条明星恋爱或明星家属出轨的绯闻，公众会很快忘掉这件事。

方　平　那国外的科学界呢？他们盯得很紧。

男　人　告诉他们实验已经成功重复。

方　平　他们要细节，要证明！

男　人　那属于我们实验室的机密，他们无权干涉！

方　平　那我们科学界内部呢？

男　人　你是指实验结果的验收？放心，有人已经在做工作。我们的科学家是非常有觉悟的人，他们也是盼着我们科研事业大发展的人。

方　平　这……

男　人　比这性质更恶劣的是，学校决定继续提名你成为杰出科学家候选人，继续推荐你入选“新世纪人才”……学校还是想保护人才，爱惜人才的。

方　平　那实验就不顾了？

男　人　我们学校如果成功入选省级高校重点建设名单，这意味着获得更多经费，有了钱，全国全世界全宇宙的人才都能吸引过来，我们还怕攻克不了难关吗？我们决定扩建免疫蛋白研究中心，包括科研用房，大型仪器设备公共用房，管理及保障用房，按照星级宾馆规格装修。我们要设35个专职科研编制，甚至编制可以扩大一些，多一些人，便能早一些翻身！这对学校对个人都是件好事，善意的谎言，最终是完美的结果！

方　平　啊！

男　人　感激涕零，痛哭失声？把半个科研界都拉下水，这就是我校的解决方案。

方　平　不、不……

男　人　你什么事也不会有，许多荣誉变本加厉安到你头上！因为，在公众眼里，这是经过一层层严格审核筛选才能获得的荣誉，这就是你个人品德的信用积分。没有人相信，一个有着如此众多光环的公众人物，会是一个骗子、一个沽名钓誉之徒。所以，你安全了，你安全着陆了。但你的良心，如果你有，会撕咬你，你会终生不得安宁的。（拿出打火机，打火）如同我的怒火，星星之火，它释放不出来，只会在我的心中越积越大……

【回到方平的叙述，明亮的闪烁的火光伴随着他的叙述。

摩　森　你的意思是说，火是这个人放的？他是谁？叫什么？

方　平　我不知道。

摩　森　你们学校的同事，你会不认识？虽然你试图掩盖，但我从你的话里推知了真相。

方　平　什么？

摩　森　确实如你所说，领导并没有威胁开除你，相反，他要不择手段地保护你。你因为被包庇而良心不安，因为怕院长的行为会彻底毁掉中国科学界的声誉！方平，我的同学不是逃避者，他是个有良知的人！

方　平　摩森，为什么你一定要妖魔化我，我们？

摩　森　妖魔化？

方　平　你为什么不能认为，我是想离开永远也填不完的表格，申请也申请不完的荣誉，想获得一个安静的空间，所以才这样做的呢？

摩　森　什么？

方　平　这把火不是把所有人的注意力都引开了吗？或者，摩森，它就是非常简单的电路起火，意外事故。

摩　森　意外？可它造成了你的死亡！

方　平　我们一年死的人比这多多了。摩森，我认为，与其把注意力放在追究责任上，不如把精力放在实验本身上！

摩　森　你说什么？

方　平　我终于安静下来，思考了一些问题。我注意到，我们使用的 TP-53 蛋白，根本不是同一个来源。

摩　森　什么？

方　平　我们是使用各自提取的。按说这种实验上的疏忽不应该发生，但它确实发生了！实验的关键时刻，我并不总能呆在实验室，有许多杂务需要处理……

摩　森　你的意思是说，你怀疑你们使用的原材料有所不同？

方　平　我猜想如此，但我没能验证。

摩　森　陷入了死胡同？

方　平　是的，我试着重新提取 TP-53 蛋白，但结果并不如意。这就是我一直留在这里的原因，我百思不得其解，我想知道哪个关键点上出现了问题！

摩　森　这……

方　平　我不会放弃对 TP-53 蛋白的研究，摩森，请你帮助我。我怀疑，我们的实验过程和方法没有问题，真正有问题的，恰恰是——

【范智群上。

范智群　基因魔剪，我们用来编辑基因的工具。

方　平　范老师？

范智群　不搞清楚这一点，我死不瞑目。我不愿意背负着弄虚作假的耻辱死去。

方　平　我们想当然地使用基因魔剪，认为它完美无缺，从来没人想到基因魔剪会出错。

范智群　可它在特殊情况下，会发生功能上的变异。

摩　森　可是，有许多人运用基因魔剪做出了成功的实验，或者说，符合预期的实验。一系列重大发现都要重新审视……这可以写一系列重要的文章！

范智群　我们只盯着被编辑的蛋白，却从来没有想到，我们使用的工具、方法有根本的问题！

摩　森　方平，你的范老师果然很牛！

方　平　我们本来是要研究 TP-53 蛋白的！

范智群　在科学史上，许多发明是歪打正着的产物。

方　平　科学家在进行的实验迟迟未成功，却意外地发现了新的现象。比如说，碘的发明——

小　诺　X 射线的发明，橡胶硫化过程的发明，都是这样！

范智群　更众所周知的是肉毒杆菌，它的发明者本来是将它用于治疗斗鸡眼和其他眼部肌肉疾病的……

方　平　够了！

范智群　方平……

方　平　这只是假设，证据呢？证据！

范智群　这……

方　平　我们被“想当然”害得还不够吗？

【夏玉良出现在光圈中。

夏玉良　我想我们可以找到证据。

方　平　夏老师？

夏玉良　多年前，我在大西北的时候，担任实验室的助理主任。在审阅一份学生的实验报告时，他提出了基因魔剪在特殊条件下的功能变异。

范智群　功能变异？

夏玉良　当时，因为这位学生无法重现问题，加之那只是个学生的实验，所以没有引起注意。

范智群　但他可能是对的！基因魔剪并非十全十美，某些基因并不适合用它进行编辑，比如 TP-53，经过它的处理，会失去对癌细胞的抗体作用！

摩　森　哇，方平，你们中国——不，我们中国——牛的科学家，不止一个两个！我要退掉机票，申请延长签证，我要留在这里做实验！

范智群　方平，这成果应该属于你！

夏玉良　给他时间，我相信他能想到是基因魔剪的问题。他没有主观造假的恶意。

摩　森　方平，如果没有那把火多好！

方　平　不、不，如果我的假设是真的，基因魔剪在作怪，并且我验证了它，会发生什么？一切谩骂、批评不存在，我会重新被奉为英雄，排山倒海般的鲜花、掌声，化险为夷、万事大吉……不，不，我想说点儿别的。

摩　森　别的？

方　平　这些年，我按部就班做着别人安排给我的事。我关注公告栏里的每一条通知，研究课题申请指南，撰写标书，申请项目，填写报销单，认真核对每一笔支出，我总结数据，投出论文，等待修改，收到录用通知，整个实验室为之沸腾，因为，我们总结可以在本年度科研绩效上再给自己增加两分或三分，这两分或三分会换成金额不等的奖励，发放到我们的工资卡中；然后，我们开始新一轮的研究申请指南、撰写标书……我始终埋头于我的科研世界里，我的科研成果以申请到项目为起点，又以发表论文为终点。至于我的研究成果到底有哪里突出的理论贡献，又对社会有什么帮助……虽然每一份标书上都要求我们用相当的篇幅加在阐述，我也竭尽所能地去填写了，但坦白地讲，我不知道，我不知道！它们甚至连填补我内心的巨大空白都做不到！我想，我需要停下来，先思考一下，我感兴趣的究竟是什么，我做科研是为了什么……我们想从科研里得到什么？别墅？帽子？重点学科？还是优厚的科研条件？一座雕像？成就、满足感，还就是为了完成一些考核标准？填一些根本就不应该存在的表格？凑成一堵百分比数字的厚墙？老师，请你告诉我！

范智群 这……

方　平 我们是为了发现盒子里的猫，到底存不存在。这是单纯的求知。名利并非不重要，但是——

夏玉良 什么也没有探知真相更激动人心！

范智群 （举起一只手）方平，我向你保证，你所说的，我都会记下来。我们到底要从科研中得到什么？什么才能证明科研的真正价值？课题，经费，荣誉，帽子，奖励？到底是什么？我会在学校里征集签名，我要亲自送到校长办公室……我会去呼吁，我会去吵架，我一定……

方　平 （朝范智群深深鞠了一躬）我可以走了，我终于要走了。

范智群 方平！

【方平隐去。

【舞台上闪烁起明亮的小火苗。

【火苗渐渐升至天幕，变成一片说不清楚是晨曦还是霞光的云彩。

【一阵年轻男女的笑声。

【他们二人目光一齐投向笑声传来的方向。

方　平 这些雕像全是高鼻梁、卷头发的，你说，会不会某一天，有座雕像，它是中国人呢？

摩　森 你是想说，这个中国人是你吧？

方　平 这里有许多未命名的楼，而且，还有许许多多正在建造的新楼——

摩　森　是的，我们的机会还是很多的！

【笑声，切光。

（剧终）

后　记

这本集子收录了四个剧本，分别是《徐阶》《嵇康之死》《以孩子的名义》和《奇妙之夜》。

《徐阶》是我的合作者陆军老师的灵感和选材——不得不说，此剧成功更多得益于此。我们共同拟定了创作大纲，后来考虑到文体风格的一致性，决定由我来执笔。此剧后来得到上海文化基金会的重大项目（剧本）的立项，获得国家艺术基金的资助，并于2016年由上海戏剧学院首演。

《嵇康之死》以山涛和阮籍的视角，虚构了一场他们在好友嵇康被逮入狱之后的营救。写作手法上古代时空与现代时空交叉，当事人的追忆与历史拷问相结合，相较《徐阶》有所突破。此剧分别得到上海文化基金会一般项目剧本和演出的立项。

《以孩子的名义》是另一种样式的《虎妈猫爸》，反映了人民群众对优质教育资源的渴望，以及希望社会风清气正的良好愿望。

《奇妙之夜》借由一桩科研事故，表现了对当下科研环境和制度的思考，表现了科研人员投身科研事业的热情、我国科研事业的蓬勃发展，及对束缚科研发展的种种不合理制度的困惑。

四个剧本风格各异。之所以如此，是一名编剧老师的自觉选择——创作对我而言，除了创作出有一定艺术价值的剧本外，更多的目的是练习和尝试，探索剧作的更多可能。因此，“挑剔的”读者若能从这些不尽人意和稚拙之处受到启发、吸取教训，也就不负作者“抛砖引玉”的初衷了。

最后，要特别感谢陆军教授、姚扣根教授对我写作的指导；感谢本书编辑赵蔚华女士的辛苦付出；感谢在我创作起步阶段帮助和鞭策过我的徐德霞、田俊、冯臻、刘霁爽、王苏等各位老师！没有他们的鼓励，我是不会走到现在的。

肖　留

2018 年 7 月

图书在版编目(CIP)数据

奇妙之夜:肖留剧作选/肖留著. —上海:上海人民出版社,2018
ISBN 978-7-208-15347-9

Ⅰ.①奇… Ⅱ.①肖… Ⅲ.①历史剧-话剧剧本-作品集-中国-当代②现代剧-话剧剧本-作品集-中国-当代 Ⅳ.①I234

中国版本图书馆CIP数据核字(2018)第163064号

责任编辑 赵蔚华
封面设计 张志全工作室

奇妙之夜
——肖留剧作选
肖 留 著

出 版 上海人民出版社
(200001 上海福建中路193号)
发 行 上海人民出版社发行中心
印 刷 上海商务联西印刷有限公司
开 本 890×1240 1/32
印 张 8.5
插 页 2
字 数 198,000
版 次 2018年9月第1版
印 次 2018年9月第1次印刷
ISBN 978-7-208-15347-9/I·1761
定 价 42.00元